참 좋은 사람이었어

참 좋은 사람이었어

초판 1쇄 인쇄 _ 2020년 12월 5일
초판 1쇄 발행 _ 2020년 12월 10일

지은이 _ 최창원

펴낸곳 _ 바이북스
펴낸이 _ 윤옥초
책임 편집 _ 김태윤
책임 디자인 _ 이민영

ISBN _ 979-11-5877-216-1 03810

등록 _ 2005. 7. 12 | 제 313-2005-000148호
서울시 영등포구 선유로49길 23 아이에스비즈타워2차 1005호
편집 02)333-0812 | 마케팅 02)333-9918 | 팩스 02)333-9960
이메일 postmaster@bybooks.co.kr
홈페이지 www.bybooks.co.kr

책값은 뒤표지에 있습니다.
책으로 아름다운 세상을 만듭니다. ― 바이북스

미래를 함께 꿈꿀 작가님의 참신한 아이디어나 원고를 기다립니다.
이메일로 접수한 원고는 검토 후 연락드리겠습니다.

또 하나의 지구에, 그가 돌아왔다

참 좋은 사람이었어

최창원 지음

바이북스
ByBooks

달빛도 새하얗고 별빛도 새하얗고

바다도 그림 같고 동네도 그림 같고

누가 이런 그림 이런 꿈속에

나를 그려놓았나 나를 오라 했나

그 사람이 노래를 부른다. 바닷가 벤치에 앉아, 바다를 향해 노래 부르는 그의 뒷모습이 보인다. 홍얼홍얼, 나도 그 노래를 속으로 따라 부르면서 그 사람 곁으로 다가선다.

정원 씨, 언제 왔어?

내가 묻자, 그가 고개를 돌려 나를 본다. 맑게 웃는 그 얼굴이 너무 반갑기도 하고 얄밉기도 해서, 그의 앞으로 나서며 떼를 쓰려는 순간, 휴대폰의 문자 알림 소리가 선명하게 파고들었다.

꿈이었어.

눈을 뜨고 싶지 않았지만 머리맡의 휴대폰을 들어 확인했다. 이른 배송완료 문자였다. 잠들기 전에 알림 소리를 단속하지 않은 내 탓도 있지만, 너무하다는 생각이 들었다. 더군다나 그 소중한 꿈을 끊어먹어 버리다니.

휴대폰을 제자리에 놓고 눈을 감은 채 가만히 누워 있었다. 그가 고아원 시절부터 불렀다던 노래였다. 그 노래에 실려, 그 사람의 맑은 미소가 다시 내 망막에 맺히기를, 언제 왔냐는 내 물음에 그가 조곤조곤 대답해주길 기다리면서 방금 꾼 꿈을 되새김질 했다.

그 사람과 내가 사랑했던 바다정원이 분명했다. 금방 돌아올 거니까 꼼짝 말고 기다리라고선 끝내 돌아오지 못한 그 벤치가 틀림없었다. 오랜만에 보는 그의 모습도 그 노래도, 마치 어제인 것처럼 선명해서 더 마음이 아릿해져 왔다. 그러나 꿈은 더 이상 연결되지 않았다.

다시 눈을 뜨고 전자시계를 봤다. 6시. 어떤 빛도 차단된 채, 방 안은 어두웠다. 몸을 일으켜 침대 머리맡에 기대앉았다.

인생의 무게는?

글쎄.

만천 근.

왜?

천근만근이거든.

느닷없이, 그에게서 들은 썰렁한 개그가 왜 떠올랐는지 모를 일이었다. 사실, 몸이 천근만근이긴 했다. 나는 혼자 피식 웃으며 일어날까 어쩔까 잠깐 생각했다. 출근까지는 아직 시간이 있었다. 그보다는, 몸이 천근만근이란 게 더 괜찮은 이유 같아 보였다. 나는 바로 이불 속을 파고들었다.

눈을 감고 다시 잠을, 그 사람을 청했다. 그러나 잠은 나를 비켜 갔다.

엎치락뒤치락.

이것이 그 희한한 날들의 시작이었다.

1장 _____ **참 희한한 밤이었다**

1

출근하자마자, 사무실 내 방 베란다에 있는 옥살리스 화분을 방 안의 원래 자리로 들여다 놓았다.

지난밤, 퇴근할 때 푸슬푸슬 비가 내렸다. 사무실을 나가기 전에, 나는 창문 안쪽에 있는 옥살리스 화분을 바깥 베란다에 내놓았다. 하늘이 하사해주는 물을, 옥살리스가 야금야금 다 누리도록 해주고 싶어서였다. 덕분에, 분홍의 작은 꽃송이들은 빗물을 머금은 채 함초롬히 피어 있었다. 화분도 토분이라 비에 젖은 채였다.

차정원.

그 사람이 떠나고부터 지금 이 순간까지, 여리고 작은 화초가 이토록 오래 같이 살면서 끊임없이 위로가 되어줄 줄은 예전엔 알지 못했다. 때론 다 내려놓고 싶어 하는 나를 붙잡아주기도 하고, 또 때론 답답해하는 나를 시간여행처럼 멀리멀리 과거로 보내주기도 하는, 참 기특한 꽃이다.

똑똑.

옥살리스를 등지고 책상으로 돌아가 앉을 때, 귀감이 열린 문을 노크했다. 그는, 내가 일하는 광고회사 〈타의귀감〉의 사장이지만, 나의 첫 직장 입사동기이고 그 후로도 쭉 인생 친구로 지내왔다.

그러고 보니, 광고회사의 입사동기로 그를 알고, 후에 그와 함께 〈타의귀감〉을 꾸려온 시간도, 옥살리스와 함께해온 시간 못지않다. 다만, 옥살리스는 처음 나에게 온 날처럼 여전히 하늘하늘 여린 꽃을 피우지만, 귀감의 얼굴에는 나이를 속일 수 없는 중년의 흔적이 어른거렸다.

"유부, 일찍 출근했네?"

그는 책상 앞쪽 탁자 위에 자동차 키를 놓고 앉으면서 말했다.

내 이름이 '유해상'이고, 회사의 공식 직함이 '부사장'이니 '유 부사장'이라 불리는 게 맞다. 하지만 회사 가족들은 그걸 줄여서 '유부'라고 나를 부른다. '님'자도 붙이지 않는다. 회사에선 어느 누구도 서로의 이름이나 직책 뒤에 '님'자를 붙이지 않는 게 불문율이다. 아이디어에는 상하가 있을 수 없고, 까마득한 선후배 사이는 물론 사장과 신입사원까지도 호칭에서부터 그 사실을 확실히 해두기 위해서였다.

"박사보다 먼저 출근하는 게 당연한 도리 아니겠습니까?"

귀감의 성은 박 씨이고, '박사'는 '박 사장'을 줄여 부르는 호칭이다.

"어이쿠 황송해라. 소인, 몸 둘 바를 모르겠사옵니다."

장난스럽게 웃으며 말하는 귀감을 보며, 나는 자리에서 일어나 그의 맞은편에 앉았다.

"오늘, 거기 가는 거지?"

귀감이 물었다. 회의 하고 바로 출발할 예정이야, 하고 내가 대답하는 사이, 그는 책상 위에 놓인 사진 액자를 바라봤다.

그 꿈을 꾼 날, 나는 하루 휴가를 냈다. 바다정원을 다녀오고 싶은 마음이 몰아치는 파도처럼 강렬하게 일었다.

간 김에 하루 자고 와, 리프레시 확실하게 말이야,라며 귀감은 내게 일박을 권했었다. 급하게 잡힌 회의 때문에 한나절을 양보하긴 했지만, 덕분에 휴가는 이틀로 늘어났다.

"잘 다녀와. 정원 씨한테 안부 전해주고."

자리에서 일어서며, 그가 말했다. 귀감과 그의 아내는, 정원과 나의 역사를 처음부터 끝까지 다 알고 있는 유일한 사람들이다. 고마워, 하고 말하며 나도 일어섰다.

그가 방을 나가고, 나는 책상으로 돌아가 앉았다.

책상 위의 액자가 나를 보고 있었다.

액자 속엔, 바다를 향해 벤치에 앉은 나의 뒷모습이 있었다.

그 사람, 정원이 찍어준 사진이다.

2

당초엔 환경 광고 오리엔테이션을 받기로 되어 있었다. 그러나 회의 한 시간 전에 기획 쪽에서 연기를 요청해왔다. 회의는 팀의 업무 체크를 겸한 커피타임으로 변경됐고, 갑작스런 휴가에 미안한 마음도 있어서 나는 예정대로 참석했다.

회의실에 모이자마자, 팀원들은 나의 휴가에 대해 넘겨짚기까지 하며 관심을 보였다. 나는 회사의 부사장으로 크리에이티브 본부를 맡고 있는데, 본부 내 한 개 팀의 팀장을 겸하고 있어서, 이 팀의 식구들은 나를 더 허물없이 대했다. 집안 일 때문이라는 상투적인 핑계로 그들의 호기심을 무마시키면서, 바로 오리엔테이션이 예정됐던 환경 광고에 관한 얘기로 관심을 돌렸다.

광고주가 환경단체인 만큼, 처음엔 환경문제를 구체적으로 파고들어서 그 해결책을 제시하는 광고를 원한다고 했다. 허나, 환경보호에 대한 관심을 유도할 수 있는 쪽으로 광고주가 갑자기 방향을 트는 바람에, 기획 쪽에서 헷갈려하고 있다는 얘기였다.

"처음 방향하고 두 번째 방향하고 뭐가 다른지 모르겠어요."

"처음 건 팩트를 구체적으로 제시하는 광고지만, 나중 건 뭔가 광고 자체의 임팩트를 요구하는 거 아니겠어?"

"임팩트라…… 예를 들면?"

"음, 북극에 타잔이 등장한다든지, 뭐 그런 거?"

"웃자고 하는 얘기지?"

"민 기획이 오늘 광고주 담당자들을 만나기로 했다니까 확실한 얘기가 있겠죠. 기다려보자구요."

팀원들의 갑론을박 속에, 곧 떠날 제주도 촬영 때문에 환경 광고 콘티를 챙기지 못한다고 정 피티가 말했다.

"그럼 내가 촬영 갔다 올 테니까, 정 피디가 환경 콘티 챙겨."

윤 카피가 씨익 웃으며 농담을 하자, 팀원들은 서로 자기가 갈 거라고 모두 한 마디씩 거들었다.

"화장품 촬영은 챙길 게 많아서 아무나 못 가요."

유머를 팩트로 받아서 곧잘 분위기를 썰렁하게 만드는 정 피디가 정색하며 말했다.

"어머나, 그러세요? 화장품 촬영이 그렇게 중요한지 예전에 미처 몰랐어요. 큰일 날 뻔 했네."

장 아트가 농담으로 그의 말을 받자, 정 피디는 머쓱한 표정으로 나를 바라봤다. 그의 손이 볼펜을 분주히 굴리고 있었다.

팀원들이 말하고 있는 '화장품 촬영'은 남편 회사 〈순(純)〉의 영상

광고 촬영을 얘기하는 거였다.

나의 유일무이한 딸 이아가 초등학생이 되면서, 나는 전에 했던 광고 일이 다시 하고 싶어졌다. 당시에 이미 〈타의귀감〉이란 이름으로 자그마한 광고회사를 꾸리고 있던 귀감은, 내가 일 얘길 꺼내자 단박에 같이 하자고 했다. 그렇게 출근이 결정되면서, 남편은 내 명의로 〈타의귀감〉에 투자해서 회사를 크게 키워주고, 자기 회사의 화장품 광고와 지인들 회사의 광고 물량들까지 확실하게 밀어줬다. 부인할 수 없는 '남편 찬스'였지만, 덕분에 회사는 일취월장으로 성장했고, 〈타의귀감〉은 계속 안정권을 지켜왔다.

그런 면에선 정 피디가 말한 팩트는 틀린 게 아니었다. 명확히, 〈순〉이라는 광고주는 회사의 최대 광고주인데다, 비주얼에 특별히 공을 많이 들이는 만큼 더 신경이 쓰일 수밖에 없었다.

"정 피디가 잘 하겠지만, 특히 모델하고 의상, 잘 챙겨요."

지난번 촬영 때 벌어졌던 모델의 의상 문제가 생각나서, 나는 그렇게 말했다. 각별히 신경 쓰겠다고 정 피디는 대답했고, 환경 광고 콘티는 장 아트가 맡아서 진행하기로 했다.

회의가 끝날 무렵, 한 달 전에 제작이 끝난 〈순〉의 마스크 팩 광고 쫑파티 얘기가 나왔다. 요즘은 쫑파티란 걸 잘 하지도 않을뿐더러, 내가 그런 걸 싫어한다는 사실을 잘 알면서도, 정 피디가 그런 얘길 꺼내는 건 이유가 있을 거라고 생각했다.

"지순희가 꼭 해야 한다고 해서요."

정 피디가 말한 '지순희'는 탤런트이면서 그 광고의 전속모델이었다. 촬영장에서 나도 그녀를 직접 본 적이 몇 번 있었다.

지순희가 왜? 하고 장 아트가 물었다.

"그냥, 지난 삼 년간 화장품 광고 모델을 할 수 있게 해줘서 고마운 마음을 표현하고 싶다고⋯⋯."

모델 그만둘 거 같은 분위기? 하고 이번엔 윤 카피가 끼어들었다.

"그건 아닌 거 같고, 유부도 꼭 참석해줬으면 좋겠다네요, 지순희가."

나는 더 이상 종파티에 대해 얘기하고 싶지 않았다.

"바빠서 못 한다고 말해요."

그렇게 지순희한테 전하겠습니다, 하고 정 피디가 답했다.

"근데, 모델을 소중하게 여기는 의미에서 이름 뒤에 씨를 붙이기로 했지? 지순희 씨라고 불러요, 다들."

앗, 깜빡! 하고 장 아트가 먼저 말했다. 나는 모두에게, 회사를 비우는 동안 회사가 없어지지 않게 잘 부탁한다고 말하면서 자리에서 일어섰다.

같이 가면 안 될까요?라든지, 운전기사 안 필요해요? 같은 팀원들의 너스레를 뒤로 한 채, 나는 내 방으로 돌아와 가방을 챙겨들었다.

그리고 방을 나서며 옥살리스에게 인사했다.

다녀올게.

3

인적 없는 가을바다엔 잔파도만 분주했다.

도착하기 바쁘게, 나는 바닷가를 먼저 찾았다. 바닷물과 가까운 백사장 앞쪽에, 여느 때처럼 벤치가 놓여 있었다. 그 벤치로 걸어가 손잡이부터 만져보면서 앉았다. 앞쪽을 바라보자, 하오의 하늘과 바다가 기다리고 있었다는 듯이 낯익은 풍경으로 다가왔다.

그 풍경 속으로, 갈매기들이 나타났다. 그들은 흐린 하늘을 유유히 휘저었다. 나는 그들의 날갯짓을 박자까지 넣어 헤아리며 지켜봤다. 갈매기들이 있어 바다는 외롭지 않겠네, 하고 생각했다. 마치, 그 사람이 늘 가슴 속에 있어 내 인생이 외롭지 않은 것처럼.

정원은, 내가 광고회사 카피라이터로 일하면서 만난 젊은 사진작가였다. 일로 만났지만, 소년같이 맑은 그의 미소와 자상한 모습에 나는 빠져들었다. 그리고 교통사고를 당한 것처럼, 그 감정은 순식간에 나를 집어삼켰다. 그 역시 나에 대한 호감을 감추지 않았다.

그런 어느 날, 그는 이 바다로 나를 초대했다. 지금은 없어졌지만,

그가 자란 고아원이 가까이 있었고, 하늘도 바다도 백사장도 그렇게 아름다울 수가 없었다.

이렇게 예쁜 바다가 숨어 있었네! 백사장도 그림 같고. 꼭 넓은 정원을 보는 기분인데요?

그와 나란히 백사장에 선 채, 나는 감탄했다.

바다가 정원 같다? 그거 괜찮은데? 거기다 해상과 정원, 우리 두 사람 이름을 합치면.

바다 위의 정원? 줄여서 바다정원.

역시 카피라이터는 달라요.

작가님 아이디어인데요?

이제, 이 바닷가를 바다정원으로 정합니다. 이의가 있는 사람은 지금 바로 저 바다 위에서 물구나무서기 십 분! 없으면, 땅! 땅! 땅!

정원은 들어 올린 내 손바닥 위에 자신의 주먹을 가볍게 세 번 쳤다. 탁월한 결정이라고 말하며, 나는 기념으로 그에게 사진을 찍어달라고 했다. 처음이었다.

정원은 나를 벤치에 앉히고, 바다를 바라보고 있는 나의 뒷모습을 비스듬히 찍었다. 사무실 책상 위의 액자 속 사진이 바로 그때 찍은 사진이었다.

사랑해.

사진을 찍고 나서, 옆에 앉은 그가 나를 보며 말했다. 내가 더 사랑한다고 하자, 정원은 자신이 더 더 사랑한다고 했다. 우리는 '더'의

경쟁을 벌이다가, 벤치에 앉은 그대로 서로를 안고 뜨겁게 입맞췄다. 그와의 키스는 부드럽고도 깊었다. 붉게 노을 지는 바다와 하늘을 보면서, 정원과 나는 그렇게 오랫동안 앉아 있었고, 가슴은 노을보다 더 붉고 뜨겁게 타올랐다.

그러나 그 후 우리의 사랑은 노을만큼이나 짧았고, 일시에 암흑의 세상이 되고 말았다.

그날도 벤치에 앉아 내 손을 쥔 채 그는 말했다.

금방 다녀올게. 여기서 기다려.

정원은 자신의 오피스텔을 처분하고 짐을 챙겨 돌아올 예정이었다. 자동차 시동을 걸 때도, 그는 금방 올게, 하면서 따뜻하게 웃어보였다. 그러나 그 순간이 그의 미소를 볼 수 있는 마지막이었다. 돌아오는 길에 사고가 났고, 그는 영원히 돌아오지 않았다.

결혼하면서 잠깐은, 그를 내 가슴에 영원히 묻어버리려고도 했다. 그러나 그건, 기억을 내 마음대로 할 수 있다는 나의 당찬 오만이었다. 그는 기억의 마디마다 나와 함께 숨 쉬고 있었고, 그를 보고 싶다는 갈망은 점점 더해갔다. 그렇게, 그를 떠나보낸 지 삼 년이 지난 즈음부터, 나는 이 바다를 다시 찾았다.

금방 돌아오겠다고 했다. 그러나 그는 돌아오지 않았다. 우리에게 영혼이라는 게 있다면, 그가 이 바다정원으로 돌아올 거라고 생각했다. 바람결에라도 그의 영혼이 다녀가 주길, 그리고 내가 그것을 느낄 수 있게 해주길 기도하기도 했다.

하늘을 휘저으며 날아다니던 갈매기들이 등대 쪽으로 날아갔다. 나는 등대까지 걸어 가보고 싶었다.

등대를 한 바퀴 돌아, 다시 방파제 너머의 동네를 향해 천천히 걸어갔다. 그곳엔, 내가 바다정원에 올 때마다 한 나절 혹은 하루 이틀 정도 머물다 가는 나만의 아지트 같은 집이 있다. 물론 휴가 땐 이아와 일주일가량을 머물렀던 적도 있었다.

바다정원을 다시 찾기 시작한 이듬해에 그 집을 샀다. 동네를 구경하다가 매물로 나온 집이 있다는 걸 알았고, 나는 단번에 계약했다. 특별히 잘 꾸며놓은 집은 아니었지만, 집안을 둘러보는 순간 놓치고 싶지 않았다. 사람이 살고 있던 곳이라 약간의 수리만 한 다음, 이웃에 사는 박 씨 부부에게 관리를 부탁하고 별장처럼 여태껏 드나들고 있다.

골목길로 들어서자 저만치 집이 보였다. 타고 온 내 차도 울타리에 세워진 채 그대로 있었다. 오는 길에 사온 음료와 음식 꾸러미를 차에서 꺼내 들고, 나는 대문 안으로 들어섰다.

먼저 옥살리스 꽃들이 나를 반겼다. 나는 그것을, 지난해부터 한쪽 울타리를 따라 화단을 만들고 심어왔다. 그리고 그 꽃들 사이로, 옥살리스 토분 하나가 눈에 들어왔다. 꽃 색깔도 토분도 사무실 내 방의 옥살리스와 같았다. 내가 갖다놓은 적 없는 거였다. 기분이 묘했다.

"넌 어디서 왔니?"

쪼그리고 앉은 채, 나는 그 꽃에게 물었다. 아무래도, 박 씨 부부가 가져다놓은 것 같았다.

사고 난 정원의 차엔 옷가지들과 카메라 몇 대, 그리고 옥살리스 토분이 있었다. 워낙 소중하게 잘 포장되어 있어서, 카메라들도 토분도 다친 데는 없었다. 나는 그 꽃을 토분 째 집으로 가져갔고, 사무실 내 방의 옥살리스가 바로 그 꽃이다.

금방 다리가 저려왔다. 나는 일어서서 몸을 가볍게 움직인 다음, 현관으로 걸어가며 가방에서 열쇠를 찾았다.

찰칵.

현관문을 열고 들어가, 즉석 밥과 빵, 포장된 반찬, 생수와 주스를 정리했다. 그리곤 바로 거실 소파에 앉아 새삼스레 실내를 둘러봤다. 거실과 부엌, 방 두 개와 욕실. 내 전화를 받은 박 씨네가 미리 청소한 티가 났다.

또로롱 또로롱.

휴대폰이 울렸다. 해수 언니의 전화였다. 이모의 큰딸인 그녀가 남편과 사별한 후에 우리 집으로 들어온 건, 이아가 갓 초등학교에 입학하고 내가 다시 일을 시작한 때였다. 아이가 없는 언니는 이아를 딸처럼 대했고, 이아도 그런 그녀를 곧잘 따랐다.

"궁금해서 전화했다. 잘 도착했니?"

응, 대답하면서, 역시 나를 걱정해주는 건 언니밖에 없어, 하고 나는 말했다. 처음엔 3년만 지내겠다던 언니는, 지금까지 내내 나를 지켜주듯 하며 주부로서의 일로부터 나를 해방시켜주고 있다.

"내일 돌아올 거지?"

"그럴까 싶어."

"이제 뭐 할 거니?"

"저녁 먹고 바닷가에 한 번 더 나갔다 올 거야. 그러곤 자야지."

"오랜만에 갔는데 뭐가 그렇게 싱겁니?"

전화를 끊는 언니의 심드렁한 표정이 그려졌다.

기지개를 크게 펴고 나서 부엌으로 갔다. 점심을 건너뛴 탓에 배가 고팠다. 좀 이른 시간이었지만 저녁을 먹자 싶었다. 즉석 밥과 반찬을 준비하는데, 집을 관리해주는 박 씨 부인이 냄비 하나를 들고 나타났다.

해물찌개였다. 사양할 상황이 아니었다. 나는 잘 먹겠다고 인사하고 나서, 그녀를 따라 마당으로 나가면서 옥살리스 토분에 대해 물었다.

"없던 화분이 있어서요. 혹시 갖다놓으신 거예요?"

"난 안 갖다놨어요. 남편이 그런 거 갖다놓을 위인은 아니고. 어제, 화단에 물 줄 때도 없었는데, 어디서 온 거지?"

의아한 표정으로 그녀가 말했다.

그녀가 돌아가고, 나는 옥살리스 토분에 물을 준 다음, 그 앞에 앉아 다시 물었다.

"넌 진짜 어디서 왔니?"

꽃은 다만 예쁘게 웃을 따름이었다.

4

그 밤. 나는 다시 바닷가로 나갔다. 바람이 불어서 제법 쌀쌀했다. 벤치에 우두커니 앉아, 구름이 걷히고 달빛이 은비늘처럼 부서지는 밤바다를 망연히 바라보았다. 수면 위를 수놓는 수만 개의 빛들이 찬란해서 바다는 더 쓸쓸해보였다.

한참을 그렇게 우두커니 앉아 있다가, 나는 천천히 노래를 부르기 시작했다. 바다정원에서 하룻밤을 묵는 날엔 어김없이 이렇게 그 노래를 부른다. 그것은, 그의 영혼을 달래는, 혹은 영혼일지라도 그가 약속한 대로 돌아오길 비는, 내 나름의 의식 같은 거다. 나는 꿈속에서 그가 부르던 노래를 마디마디 되새기면서 불러나갔다.

　달빛도 새하얗고 별빛도 새하얗고
　바다도 그림 같고 동네도 그림 같고

그가 자란 고아원의 원장 엄마가 불러주던 노래라고 했다. 처음 내게 그 노래를 불러준 다음, 정원은 허공을 바라보며 말했다.

밤 열시가 되면 원장 엄마가 그 노래를 나지막이 불러줬어. 그러면 아이들은 떠들거나 장난을 치다가도 어느새 자리에 반듯이 누워 노래를 들으면서 조용히 잠들어갔지. 거짓말처럼, 이라고 덧붙이던 그의 옆얼굴이 여전히 내 두 눈 망막에 선명하게 남아있다.

누가 이런 그림 이런 꿈속에
나를 그려놓았나 나를 오라 했나

점점 크게 부르는 노랫소리는 바람을 타고 멀리까지 날아가는 것도 같고, 그 바람에 꺾여 순간순간 사라져버리는 것도 같았다. 노래가 끝났을 땐, 아까보다 바람이 더 선득거렸다.

한참을 더 그렇게 벤치에 앉아 있다가, 나는 집으로 돌아왔다. 왠지 내 뒤의 바다가 꿀렁거린다는 느낌이 들었다.

집안으로 들어오니 몸이 으스스했다. 따뜻한 물로, 몸에 붙어온 바람을 씻어냈다. 이웃집의 개 짖는 소리를 간헐적으로 들으면서 가만가만 잠으로 들어갔다. 다시 한 번 꿈에서라도 그 사람을 만날 수 있길 바라면서.

하늘도 새파랗고 바다도 새파랗고

햇살도 춤을 추고 파도도 춤을 추고

잠결에 자꾸 그 노래가 들려왔다. 잠을 깨고 휴대폰으로 시간을 확인해보니, 밤 2시 언저리. 휴대폰을 내려놓은 채, 나는 꼼짝 않고 누워 있었다. 멍한 상태로, 잠결에서처럼 끊어질 듯 이어지는 노래를 아껴가며 들었다. 아무래도 그 노래는 바깥에서 들려오는 것 같았다.

방을 나가 거실 창가에 서서 마당을 이리저리 살폈다. 달빛이 내려앉은 마당엔 아무도 없었다. 다만 바람의 기운이 조금 더 세져 있었고, 화단의 꽃들이 불규칙하게 흔들리고 있었다.

나는 도로 방으로 들어가 옷을 갈아입고 마당으로 나섰다. 어렴풋한 노랫소리를 따라 가보기로 했다.

누가 이런 그림 이런 세상 속에

나를 그려놓았나 나를 있게 했나

골목길을 빠져나오자, 노랫소리는 파도소리에 묻혀 더 이상 들리지 않았다. 환청을 들은 거야, 하고 나는 생각했다.

그러나 백사장 쪽으로 나온 순간, 그것은 환청이 아닐지도 모른다는 생각이 번졌다. 백사장 여기저기에 반딧불보다 큰 빛의 망울들이 퍼져가면서, 그 빛망울마다 꽃들이 봉긋봉긋 피어나고 있었다. 순식간에 바닷가는 빛과 꽃의 정원이 되었다.

나는 천천히 걸어가 백사장의 꽃들을 들여다봤다. 모두, 분홍의 꽃들이었다. 옥살리스가 틀림없었다. 밤에는 꽃도 잎도 접힌 채로 열리지 않는 꽃인데 이렇게, 그것도 모래밭에 피어나다니. 그럼에도 이건 환각이 아니야, 하고 생각하면서 일어나 새삼스레 주위를 둘러봤다. 아직 사라지지 않은 빛망울들은 벤치까지 이어져 있었고, 벤치에는 사람 같은 형체가 앉아 있었다. 누군가의 뒷모습임이 분명했다.

혹시 그 사람이?

맥락 없는 생각이 훅 들어왔다. 헛된 열망인 줄 뻔히 알면서도 걸음이 빨라졌다. 벤치로 다가서자, 인기척을 느꼈는지 그쪽이 나를 돌아봤다. 나는 벤치에 더 가까이 다가서서 그를 확인했다.

"정원 씨?"

나도 모르게 튀어나온 말이었다.

달빛 속에서도, 예전 젊은 모습 그대로의 정원이 틀림없었다. 다른 점이 있다면, 눈앞의 그는 환자복 차림이었다.

그는 벤치에서 일어나 내 쪽으로 걸음을 뗐다. 그러나 다음 순간, 그의 몸이 휘청했다. 내가 달려들어 부축하려 하자, 그는 손사래를 쳤다. 힘들어보였지만, 그 사람이 틀림없었다.

대체 어떻게 된 거야? 왜 여기에 이렇게?

나는 속으로 계속 물었다. 나 자신이 무엇에 홀렸나 싶기도 하고, 정원의 맑은 영(靈)이 봉인 해제돼서 나타난 건가 싶기도 했다. 그쪽이 무슨 생각을 하는지도 알 수 없었다.

울컥, 내 가슴에 물기가 차올랐다.

숨 쉬는 모든 순간 그리워했던 그 사람이 내 앞에 이렇게 마주서 있다니.

참 희한한 밤이었다.

2장 _____ 끝까지 당신을 지켜줄게요

1

바깥의 인기척에 잠을 깼다. 온밤을 뜬눈으로 지새우다가 신새벽에 깜박 잠이 들었나보다. 그가 일어난 건가 싶어, 웃옷을 걸치며 방을 나갔다. 거실에도, 그가 잠들었던 작은방에도 그는 없었지만, 욕실에서 샤워 물소리가 작게 들려왔다.

안도의 한숨.

나는 거실 커튼을 열어젖히고 바깥을 살폈다. 온 마당에, 화단에, 이른 아침의 해쓱한 햇살이 내려앉고 있었다.

지난밤엔, 일단 그를 집으로 데려왔다.

집안에 들어오자마자, 나는 그의 옷에 병원 이름이 있는지부터 확인했다. 그러나 환자복 어디에도 병원 이름은 없었다.

정말 정원이 돌아온 건지, 그렇다면 왜 예전의 젊은 모습 그대론지, 환자복 차림은 뭐고, 함께 나타났음직한 꽃들은 또 뭔지, 물어보고 싶은 말들이 머릿속에 쏟아지며 와글거리기 시작했다. 그러나 그는 많이 힘들어했다. 온몸이 붕붕 뜨는 듯도 하고 머리가 어지럽다며 눕고 싶어 했다.

일단은 그를 안정시켜야 해. 물어보는 건 그 다음이야.

진짜 정원이 아니라면, 따위의 의심은 생각할 겨를도 없었다. 나는 작은방 침대에 그를 눕혔다. 그는 목이 마르다고 했다. 나는 주전자에 생수를 붓고 끓였다. 그러나 따뜻한 물을 들고 방으로 되돌아갔을 때, 그는 이미 잠들어 있었다. 물 컵을 침대 옆에 두고 조용히 방을 나올 수밖에 없었다.

"미안해요. 허락 없이 욕실을 썼어요."

바지만 입고 수건을 목에 걸친 채, 그가 욕실을 나오면서 말했다. 부드러운 목소리도 정원과 똑같았다.

괜찮아요, 하고 내가 답하자, 샤워기를 잘못 잡아서 걸어뒀던 상의가 물에 젖었다고 그가 말했다. 문득 장롱 속에 넣어둔 목욕가운이 생각났다. 안방으로 들어가, 가장 큰 사이즈의 목욕가운을 꺼내왔다. 상의는 바로 세탁하고 건조하면 된다면서, 가운을 그에게 건넸다. 그는 걸치고 있던 수건을 바닥에 내려놓으면서 가운을 받았다.

그때, 내 눈에 들어온 그의 문신.

한쪽 가슴에 분홍색 옥살리스 꽃 세 송이와 이파리 두 개가 선명하게 그려져 있었다. 나도 모르게, 한 손이 문신 쪽으로 갔다. 그는 피하지 않았다. 나는 그의 가슴에 새겨져 있는 옥살리스를 만졌다. 이건 또 뭔가 싶었다. 정원이 그토록 사랑했던 옥살리스를, 가슴에 새기고 있다니. 정원은 문신을 하지 않았는데, 이 사람은 문신까지

하고 있다니. 생각하며 손을 떼어내지 못하는 사이, 손가락 끝에 그의 피부가, 체온이 느껴졌다.

귀신이라면, 영혼이라면, 과연 이런 체온을 가졌을까?

문득, 화단의 옥살리스 토분이 생각났다. 마당으로 나가 그 꽃을 토분째 가져왔다. 나는 그것을 식탁 위에 놓고 그를 지켜봤다. 그는 조금 놀란 표정으로, 자신의 문신과 옥살리스 꽃을 번갈아봤다.

"어제 오후에 이 집 화단에서 발견한 꽃이에요."

내 말을 의식하면서도, 그는 계속 옥살리스를 지켜봤다.

"생각나는 거 없어요?

내가 묻자, 그는 옥살리스로 향해 있던 시선을 들어 나를 보며 말했다.

"이 꽃이 왜 내 가슴에 새겨져 있는진 잘 모르겠어요. 하지만 아주 낯익어요. 당신처럼."

당신처럼.

그 말이 내 가슴에 저릿하게 다가왔다. 하고 싶은 얘기들은 가슴에 흥건히 고이는데, 아무 말도 할 수 없었다. 답답해져 왔다. 나는 그의 상의를 세탁기에 넣어 돌린 다음, 그와 함께 백사장으로 나갔다. 이 시간에 백사장엔 아무도 없을 거라는 생각과, 누군가 있더라도 피하면 된다는 생각이 내 발길을 용감하게 만들었다.

꽃들은 만개해 있었고, 백사장은 그야말로 '옥살리스 정원'이었다. 그는 말없이 그 꽃들을 송이송이 들여다봤다.

"간밤에 당신과 함께 나타났어요. 갑자기."

그래요? 하며 그는 일어서서 나를 바라봤다. 기억나지 않아요? 하고, 나는 눈으로 그에게 물었다.

"모르겠어요."

"간밤에 집으로 가면서 본 기억은요?"

아예 보지 못했어요, 하고 대답하던 그가 잠시 침묵하다가 다시 말했다.

"어떻게 된 걸까요?"

"뭐가요?"

"왜 아무것도 기억이 안 날까요? 당신도 꽃도 낯익기는 한데, 왜 나는 아무것도 생각해내지 못할까요? 몸도 멀쩡한데 환자복을 입고, 그 벤치에 그렇게 앉아 있었을까요? 이 많은 꽃들은 또 뭘까요?"

나의 대답을 기다리지 않고, 그가 한숨을 내쉬었다. 나 역시 대답해줄 수 있는 건 아무것도 없었다. 그의 질문은 도리어 내가 그에게 하고 싶었던 질문이었다.

그의 기억을 되살려주려면 계속 있는 게 좋겠지만, 마냥 그러고 있을 순 없었다. 우리는 다시 집으로 돌아왔다.

식탁 위엔 옥살리스 토분이 그대로 놓여 있었다. 나는 토분 앞에 그를 앉히고 토스트와 주스를 보여주며 아침식사로 괜찮겠냐고 물었다. 그는 좋다고 하면서도 아침은 천천히 먹자고 말했다. 그리고 우선은 따뜻한 물이 먹고 싶다고 했다. 나는 끓인 물을 한 컵 가득 따라 그에게 건넸다. 그는 남김없이 다 마신 다음, 컵을 돌려주며 말했다.

"뭐 하나 물어봐도 돼요?"

나는 그의 맞은편에 앉으며 고개를 끄덕여보였다.

"간밤에, 나를 보며 어떤 이름을 부르지 않았어요?"

"정원 씨요?"

"정원…… 정원…… 누구예요?"

"내가 사랑했던 사람. 그 벤치에서 기다리라고 하고선 돌아오지 않은 사람."

나는 간단명료하게 대답했다.

"나랑 많이 닮았어요?"

"똑같아요."

"내가 그 사람일 수도 있는 건가요?"

"어쩌면요."

그는 고개를 끄덕여보였지만, 더 이상 아무 말도 하지 않았다. 문득, 그를 이곳에 둔 채 나 혼자 돌아갈 수 없다는 생각이 들었다. 당장 옷도 신발도 필요했고, 먹을 것도 없었다. 무엇보다 이 사람을 두고 가면, 언제 어떻게 사라질지 모를 일이었다. 서둘러 돌아가, 거처부터 마련해야겠다는 생각도 뒤이었다.

"글쎄요."

내가 이곳을 떠나야 하는 상황을 설명했을 때, 그는 내키지 않은 표정이었다. 지낼 만한 곳을 얻어줄 테니, 우선은 거기서 지내면서 함께 기억을 되찾아보자고 했다. 그러나 그는 망설였다.

이 사람을 어떻게 설득하지? 처음부터 지금까지, 내 속사정을 다 얘기하면 이 사람이 받아들일 수 있을까?

그의 상의를 건조기에 넣고 돌리면서, 그 앞에 선 채 나는 생각했다.

"같이 가요."

그의 말이 뒤쪽에서 들렸다. 내가 돌아보자, 그는 내 쪽으로 걸어오며 한 번 더 말했다. 같이 가요,라고.

햇살 속에, 예전의 정원이 어설프게 웃으며 서 있었다.

"저 꽃, 가져가도 되죠?"

그가 다시 말했다.

"가져가고 싶어요?"

내가 물었다.

그는 고개를 끄덕이며 또 한 번 웃어보였다.

다시 내 가슴에 물기가 차올랐다.

2

브런치를 먹고 바다정원을 출발했다. 운전하기엔 더 없이 좋은 날씨였다. 조수석에 앉은 그는 옥살리스 화분을 무르팍에 올려놓은 채 전방의 풍경에 눈을 주고 있었다. 처음엔, 토분이라 무거우니 바닥에 내려놓으라고 했다. 그는 괜찮다고만 했다. 어느 순간, 옥살리스가 그의 불안함을 재워주고 있는지도 모르겠다는 생각이 들었다. 그를 더 배려해야겠다는 생각이 그 뒤를 이었다.

작은 도시의 백화점 주차장에 차를 세웠다. 환자복 차림의 그를 데리고 매장 안으로 들어갈 수 없어서, 나 혼자 그의 옷과 신발, 속옷과 양말을 사왔다. 차 안에서 그가 옷을 갈아입는 동안, 나는 차 바깥에 나와 있었다. 옷을 다 입은 그가 차 밖으로 나와 서면서 쑥스런 표정으로 말했다.

"고맙습니다."

회사 부근의 카페 주차장에 차를 세웠다. 그는 화분을 차에 두고 내렸다. 다행이다 싶었다. 둘 다 커피를 주문한 다음, 그와 마주앉아 휴대폰으로 귀감을 불러냈다. 사무실로 오지 않고 왜 거기 있냐고 귀감은 물었고, 사정이 생겼다고 나는 답했다. 귀감은 회의가 끝나가고 있다며, 곧 출발하겠다고 했다.

나는 그에게 귀감의 존재에 대해 얘기해줬다. 회사에서 귀감은 '박사'라고 불리고, 나는 '유부'라고 불린다는 것도 설명해줬다. 그러나 귀감에겐 그 사람에 대해 아무 얘기도 하지 못했다. 지난밤부터의 그에 대해 설명하기도 힘들었고, 옆에 그 사람을 둔 채 전화로 이러쿵저러쿵 얘기하기도 어려웠다.

잠시 뒤에 귀감이 나타났다.

나를 보고 손을 들어 보인 다음, 커피를 주문했다. 입구 쪽과 등을 돌리고 있는 그의 얼굴은 보지 못했다.

커피를 들고, 귀감이 내 옆자리로 왔다.

"안녕하세요."

그가 일어서며 귀감에게 인사했다. 귀감은 커피 잔을 테이블 위에 내려놓고 아 예, 하며, 손을 내밀어 그와 악수했다. 이미 그의 표정이 놀람교향곡을 연주하고 있었다. 나는 둘 다 자리에 앉으라고 했다.

"이 사람 누구야? 차정원 씨를 빼닮았는데?"

귀감이 나를 보며 물었다. 나는 아무 말도 하지 않았다.

어떻게 이렇게 똑같을 수가 있지? 하고 혼잣말을 하면서, 귀감은 맞은편에 앉은 그의 얼굴을 찬찬히 들여다봤다. 예전, 회사에서 같이 회의를 할 때는 물론이고, 정원과 나 귀감, 그렇게 셋이 혹은 그의 아내까지 넷이 함께 어울리고, 식사를 같이 하고 술을 마시고, 그런 날들이 제법 있었던 터라, 귀감도 그의 얼굴은 알고 있었다.

"어떻게 된 건지 얘기 좀 해봐. 무슨 일이 있었던 거야?"

귀감이 그와 나를 계속 번갈아보며 말했다. 나는, 그가 간밤 바다정원에 나타났을 때부터 같이 돌아오게 된 과정까지를 설명해줬다. 몰입한 얼굴로 내 얘기를 들은 귀감은 흠, 흠, 하면서 계속 무언가를 생각했다.

그 사이, 화장실을 다녀오겠다며 그가 자리를 비웠다. 귀감은 그제야 입을 뗐다.

"귀신인가?"

그럴지도, 하고 나는 대답했다.

"아니야, 아니야. 악수하는 귀신 손이 그렇게 따뜻할 순 없지. 완전 사람 손이던데."

그의 가슴에서 느꼈던 피부결과 체온을 생각하며, 나는 고개를 끄덕였다.

"혹시 복제인간 아닐까?"

그가 다시 물었다. 정원 씨를 복제한? 하고 나는 되물었다.

"그렇지. 누군가가 복제 연구용으로 정원 씨 세포를 채취한 거지."

"그래서 복제에 성공했고, 지금 그곳을 탈출한 거다? 환자복 차림으로?"

"그렇지 않고는 설명이 안 돼."

복제인간이라, 복제인간이라…… 하며 나는 지난밤 처음 만났던 그의 모습을 떠올렸다.

"정원 씨의 기억까지 복제된 사람인 거야. 그래서 유부도 그 꽃도 낯익어 하는 거고."

귀감이 말하는 사이, 그가 돌아와 다시 자리에 앉았다. 나는 복잡한 머릿속을 쓸어내듯 손으로 머리카락을 두어 번 깊이 쓸어 올렸다.

"당장 지낼 곳이 필요하겠네?"

귀감이 물었다.

"예전 정원 씨가 살던 동네에 원룸이나 오피스텔을 구해 보려고."

오늘 입주할 수 있는 곳으로,라는 말은 생략하고 얘기를 이었다.

"이 사람, 기억을 찾는데 도움이 될까 싶어서."

괜찮죠? 하고 나는 그에게 물었다. 네, 하고 그가 답했다.

그렇다면, 지금 당장 알아볼까? 하면서, 귀감은 휴대폰으로 집 구하는 어플을 열었다. 동네 이름을 입력하니, 정원 씨가 살았던 오피스텔에도 월세로 나온 게 있었다.

환영 오피스텔 306호.

정원 씨가 살았던 207호는 아니었지만, 그 오피스텔에 방이 있는 것만으로도 감지덕지였다. 나는 바로 전화를 걸어 집을 보러 가겠다고 했다. 귀감이 같이 가줄까, 하고 말했다가, 아니다, 그냥 둘이 오붓하게 가,라고 말하며 내게 눈을 찡긋해보였다.

"실없긴."

나는 웃으며 말했다.

"실이 없어? 내가 사줄까?"

귀감은 썰렁한 농담을 하면서 자리에서 일어섰다. 나도 그 사람도 같이 일어섰다.

"오늘은 휴가니까, 회사엔 절대 오지 마."

"가면 쫓아낼 거야?"

"당근 백 개지."

농담을 이어가며, 우리는 카페를 빠져나왔다.

우리, 꼭 예전의 우리 같았다.

3

시간의 무게를 온몸으로 버티는 낡은 건물일 거라 짐작했다. 그러나 멀리서 본 오피스텔은 지은 지 얼마 되지 않은 것처럼 잘 단장된 모습이었다.

실내 역시 깨끗하게 정돈되어 있었다. 더군다나, 우리가 본 집은 가전제품들과 침대, 식탁과 소파까지 그대로 있었다. 집 주인이 일 년간 해외출장 중이라 가구를 모두 그대로 두고 갔다고 했다. 나는 곧바로 계약을 끝냈다.

거실과 주방이 트여 있었고, 침대가 놓인 작은 방 하나가 더 있었다. 그는 들고 온 옥살리스 토분을 거실 창가에 놓았다. 베란다 같은 공간이 전혀 없는 게 좀 아쉽기는 했다. 우리는 이불과 담요, 기본적인 가재도구들을 사러 가까운 대형마트로 갔다.

"요리는 할 수 있어요?"

"잘 모르겠어요."

그는 고개를 저으며 말했다. 가재도구를 산 다음, 나는 데워 먹을

수 있는 식품들과 시리얼, 커피와 차, 음료수와 우유, 생수 등도 빠짐
없이 샀다.

그 내내, 정원이 생각났다. 서로 바쁜 와중에도, 틈만 나면 우리는
같이 식자재를 사와 그의 집에서 요리를 해먹었다. 형편없는 나의 요
리 실력에 비해, 정원은 못 하는 요리가 없었다.

원장 엄마가 다 가르쳐준 거야.

그렇게 말하며, 오늘 요리는 몇 점? 하고 묻던 그의 모습이 여태도
선명했다.

정원은 부모를 모른다고 했다. 갓난아기일 때 버려져 고아원에 맡
겨졌고, 그래도 사람 좋은 원장 부부를 만나 큰 아픔 없이 자랄 수 있
었다고 했다. 그가 일찍부터 사진을 배운 것도 원장 아빠가 사진작가
였던 덕분이었다. 고등학교를 졸업한 이듬해에 그의 사진이 세계적
인 사진공모전에 당선되면서, 그는 바로 전문 포토그래퍼의 길로 나
섰다.

마트에서 돌아오는 길엔 배가 고팠다. 생각해보니 종일 먹은 거라
곤, 출발하기 전에 먹은 토스트와 주스가 전부였다. 시계는 벌써 네
시 언저리를 가리키고 있었다. 그렇다고 나의 변변치 못한 요리 실력
을 처음부터 들키고 싶진 않았다. 오피스텔 주차장에 차를 대고, 우
리는 부근의 상가로 갔다. 그 안에 식당이 여럿 있었다. 뭘 먹고 싶으
냐고 묻자, 그는 손으로 '가정식 전문점'을 가리켰다.

밥과 맑은 무국, 생선구이와 반찬들이 모두 맛있었다. 그도 맛있게

먹으면서 자주 오자고 했다. 나는 현금을 줄 테니, 언제든지 와서 그곳에서 식사를 하라고 했다.

"갚지 못할 수도 있는데, 이렇게 신세를 많이 져서 어쩌죠?"

그가 어설프게 웃으며 말했다.

"신세라고 생각하지 말아요. 내가 여기까지 데려왔잖아요."

"나중에 갚을 게요."

"바라지 않아요."

"그래도 갚을 게요."

그가 또 한 번 웃었다. 나는 더 이상 대꾸하지 않고, 반찬이 정말 맛있다고 말했다. 그는 국이 입맛에 딱 맞는다면서, 주인에게 국을 좀 더 달라고 했고, 새로 받은 국그릇도 깨끗하게 비웠다.

집으로 돌아오자마자, 둘이서 사온 것들을 정리했다. 그와 신혼살림을 차리는 것 같다는 생각을 하고 혼자 웃었다. 휑하던 실내는 어느새 사람 사는 집으로 바뀌었다. 마트에서 사온 차를 한 잔씩 들고, 우리는 거실 소파에 나란히 앉았다. 해쓱한 햇살이 창문으로 내려앉고 있었다.

"회사를 이렇게 비워도 돼요?

"휴가잖아요."

"아, 맞다. 휴가라고 했죠."

나는 그를 보며 웃어보였다. 그도 나를 보며 따라서 웃었다.

맑은 미소.

아무리 봐도 정원의 미소였다. 귀감의 말처럼, 정말 정원의 복제인간인가 싶은 생각이 쓰윽 지나갔다.

또로롱 또로롱.

가방 속의 휴대폰이 울렸다.

"출발했니?"

해수 언니였다. 그녀는, 내가 일찌감치 바다정원에서 출발했다는 걸 모르고 있었다.

응, 하고 나는 짧게 답했다.

"저녁은 집에서 먹지?"

"글쎄, 상황 봐서 전화할게."

미리 전화해줘, 하고 언니는 전화를 끊었다.

전화를 끊고 보니, 어느새 그가 소파에 앉은 채 졸고 있었다.

많이 피곤한 모양이네. 아니면 긴장이 풀렸거나.

그렇게 생각하면서, 나는 침대 위에 있는 모포를 가져다 그에게 덮어주었다.

"너무 졸리네요."

눈을 떠보고 몸을 일으키려는 그를 만류하며 나는 말했다.

"그대로 자요. 내일 점심 때 올게요."

미안해요, 하면서 그는 그대로 소파에 누워 눈을 감았다.

지갑 속의 현금을 꺼내 식탁 위에 놓고, 수첩에서 메모지를 떼어내 몇 자 적었다.

현금이 이것뿐이네요. 더 보충해줄 테니 마음 놓고 써요.

잘 자요.

옥살리스에게도 잘 있으라는 인사를 하고, 나는 현관으로 걸어갔다, 문을 열고 나갈 때도 그는 여전히 자고 있었다.

순간, 또 다른 생각이 들었다.

어디가 아픈 건가?

4

"엄마, 굿모닝."

주방 식탁에서 아침을 먹고 있던 이아가 인사를 건네 왔다. 갓 구운 토스트 냄새가 기분 좋게 다가왔다.

"굿모닝, 언니."

이아에게 한 손을 들어 보이며, 나는 해수 언니에게 인사했다.

"잘 잤니?"

나의 인사를 받으며, 언니는 이아의 맞은편 자리에 내 몫의 토스트와 주스를 내놨다. 내가 토스트에 블루베리 잼을 바르는 사이, 언니는 자신의 주스 잔을 들고 이아 옆에 앉았다.

"언니는 주스만 마셔?"

"몰랐어? 이모, 다이어트 다시 시작했잖아."

해수 언니는 웃음으로 이아의 말에 긍정을 표시했다.

"아빠 언제 돌아와?"

이아가 나를 보며 물었다. 남편은 출장 중이었다. 글쎄, 올 때가 되긴 했는데 정확한 날짜를 얘기하지 않아서,라는 내 말과, 왜? 아빠 보고 싶어?라는 언니의 말이 거의 동시에 나왔다. 이아는 풋, 하고 웃으면서 말했다.

"늦게 왔으면 좋겠는데."

왜? 하고 해수 언니가 물었다.

"친구들이, 내일 중간고사 끝나면 바람 좀 쐬고 오자고 해서. 하룻밤 자고 올 거거든."

아빠한테 알리고 가면 되지 왜? 하고 내가 말하자, 이아는 한숨을 내뱉듯 답했다.

"지난번처럼 같이 가는 친구들 명단하고 전화번호 제출하라고 할 거잖아."

"제출하면 되잖아."

"친구들이 이상하게 생각한단 말이야."

"그럼 일단 그냥 가. 아빠가 그 사이에 오면 엠티 갔다고 해줄게. 늦게 오면 없었던 일로 하고."

내가 말하자, 언니는 어깨를 으쓱해보였다. 오케이, 하면서 이아는 자기 접시와 잔을 싱크대에 놓은 다음, 백팩을 든 채 현관 쪽으로 걸어갔다. 남편은, 이아의 여행이나 친구 교제에 엄격했다. 남자친구를 사귀는 덴 더 간섭했고, 그 문제로 두 사람 사이에 크고 작은 갈등이 빚어지기도 했다. 지금 이아는 대학교 2학년. 한창 사랑할 나이임에도 남편의 그런 엄격함과 간섭은 변함이 없었다.

미리 준비할 거 없냐는 해수 언니의 물음에, 이아는 나씽, 이라고 말하며 현관문을 나섰다.

"좋을 때다."

언니는 웃으며 말하다가, 내가 들고 있는 식은 토스트를 보며 새로 하나 해줄게, 하고 얘기했다. 나는 괜찮다며 토스트를 베어 문 다음 말을 건넸다.

"전시회 준비는 잘 돼가고 있어?"

"시간이 좀 촉박하긴 한데, 할 수 없지 뭐."

해수 언니가 희미하게 웃으며 말했다. 어릴 때부터 미술에 소질을 보였지만 집안 사정으로 그 꿈을 펼치지 못했던 언니는, 2년 전 큰맘을 먹고 화실에 나가기 시작했고, 이제는 화실 동료들과 첫 전시회까지 열 참이었다.

"근데 그 갤러리, 어떻게 했으면 좋을지 모르겠네."

"왜? 누가 뭐라고 그랬어? 이아 아빠가?"

언니가 작품 전시 얘기를 하자마자, 남편은 자기네 회사 소유의 갤러리를 전시회장으로 내주었다. 누가 부탁하지도 않았는데.

"아니, 이아 아빠가 왜 그러겠어? 아무도 그러는 사람은 없는데, 돌발변수가 생겨서……."

뭔데? 하고 내가 묻자, 해수 언니는 조곤조곤 말했다. 같이 전시 준비하는 화실 동기 중에 홍 선생이란 분이 있는데, 그 사람이 뒤늦게 자기네 갤러리에서 하면 안 되냐고 그랬다는 얘기였다. 왜 처음부터 말하지 않았대? 내가 다시 묻자, 언니는 그러게 말이야, 하면서 계속 얘기했다.

"그 사람, 워낙에 있는 티를 안 내고 다녀서 몰랐는데, 집안이 꽤 사나봐. 이번 전시회, 꼭 자기네 갤러리에서 하고 싶었는데, 말할 타이밍을 놓쳤다고 그러네."

"그럼 이아 아빠 오면 바로 얘기해, 사정이 이렇게 됐다 하고."

"그렇게 흔쾌히 내줬는데, 미안해서 말이야."

"괜찮아. 자기 갤러리에서 자기 작품 전시하고 싶은 그분 마음도 이해가 가니까, 그냥 고마웠다고 그러고 상황 끝내. 언니는 그럴 자격 충분히 있어. 자기 딸을 저렇게 예쁘게 키워주는데."

그런 건 아니고, 하면서 언니는 자기 잔을 들고 일어섰다.

"하루 더 쉬면 안 되니? 멀리 갔다 왔는데."

"괜찮아."

나도 내 접시와 잔을 들고 싱크대로 갔다. 내가 하겠다고 말했지만, 설거지는 벌써 언니의 손에서 시작되고 있었다. 나는 식탁 위를 마저 치웠다.

"집은 잘 있어?"

언니가 고무장갑을 벗고 돌아서며 말했다. 바다정원의 집 얘기였다.

"응, 언니는 왜 안 왔냐고 묻던데?"

나는 웃으며 말했다.

"딱 이십 년이네?"

"뭐가? 그 집은……."

"그 사람 말이야. 떠난 지가……."

"벌써 그렇게 됐네."

언니가 아득한 표정으로 나를 봤다. 나는 쓰게 웃으며 주방을 나섰다.

해수 언니 말처럼, 정말 이십 년이었다.

정원이 떠난 지 딱 이십 년.

5

작정한 것도 아닌데, 평소보다 이른 출근이 됐다.

나는 책상 앞에 앉아 노트북을 열고 회의 자료들을 확인했다. 여느 날과 다름없는 하루의 시작이었지만, 마음은 여느 날과 많이 다른 아침이었다. 정원과 똑같은 사람이 같은 도시, 같은 하늘 아래에서 함께 숨 쉬고 있는 하루는 달라도 한참 달랐다.

정원과 똑같은 사람 혹은 영혼.

설령 그가 귀신이어도, 나는 그를 '영혼'이라 부르기로 했다. 원래부터 맑았던 정원의 영혼이 나를 보러 온 것이니, '영혼'이란 말이 더 적절하다고 생각했다. 물론 귀감이 말한 대로 그가 복제인간이어도, 정원을 복제했다면 DNA 속에 살아있는 그의 맑은 영혼도 복제됐을 터이니, 역시 '영혼'이 적합한 거다.

"굿모닝."

소리에 고개를 들어보니, 생뚱맞게도 남편 제후가 열린 문 앞에 서서 나를 보고 있었다.

"문은 열어두나 봐?"

그는 그렇게 말하고 나서, 탁자 앞에 앉았다. 내가 책상 위의 액자를 서랍 속에 넣고 책상 앞을 떠나는 동안, 그는 자리에 앉은 채 방안을 둘러봤다.

"이렇게 짠하고 갑자기 나타나니까 어때?"

내가 그의 맞은편에 앉자, 남편은 나를 보며 말했다.

반가워 죽을 지경입니다.

머릿속에 떠오르는 빈정거림을 삼키며 나는 대답했다.

"웬일이야?"

"회사로 바로 출근하려다가, 가는 길에 당신 얼굴이나 보자 싶어서 들렀어."

나는 그의 웃는 얼굴을 외면하며, 뭘 마실 건지를 물었다.

"우리, 저 건너편 카페에 가서 모닝커피 한 잔 어때?"

"곧 회의가 있어서 밖으로 나가진 못 해."

"회의는 한 시간 정도만 미루면 되잖아. 내가 여기, 날이면 날마다 오는 것도 아니고."

"거기 커피 사오라고 그럴까? 광고주님 오셨는데."

그럴래? 하다가 남편은 성의는 고맙지만 됐다며, 자기 회사에 가서 마시겠다고 했다. 남편 제후는 쉽게 포기하지 않는 집요한 성격이긴 하지만, 한편으론 상황을 부드럽게 넘기는 여유로움도 있었다.

잠깐 방 안을 다시 둘러본 다음, 그가 말을 이었다.

"이아 생일은 어떻게 할 거야? 내가 준비하면 안 될까?"

아이의 생일이 얼마 남지 않았다. 가족의 생일은, 당일 아침이나 저녁에 해수 언니가 집에서 준비하고 차려주는데, 작년엔 남편이 마음대로 호텔 레스토랑을 예약했었다. 이아를 생각해서 하는 수 없이 가긴 했지만, 다음부턴 반드시 가족의 동의를 얻으라고 나는 그에게 일침을 가했었다.

"그냥 집에서 해. 그리고 이아가 오늘 엠티 간댔어. 알고 있어."

"자고 온대?"

"하룻밤."

"알았어."

"내가 출발 전에 전화하라고 할 테니까, 태클 걸지 마."

그 일에 대해 더 이상 말하고 싶지 않아서, 나는 다른 얘기로 넘어갔다.

"해수 언니가 갤러리 땜에 얘기할 거야."

"왜 무슨 문제가 있는 거야?

"그건 아니고, 언니가 얘기하면 그대로 받아줘."

"뭔데?"

"암튼."

"알겠습니다, 부인."

남편이 밝게 웃으며 말했다. 그 웃음 귀퉁이에 숨어 있는 그의 그늘진 마음을 잘 알기에, 나는 늘 그의 웃음에 동조하지 못한다.

그때, 장 아트가 열린 문을 노크하며 회의 준비가 다 됐다고 했다. 남편이 그를 돌아보자, 장 아트는 남편에게 인사를 했다. 나는 곧 가겠다고 말했다.

"진짜 회의가 있었네?"

남편은 그렇게 말하면서 자리에서 일어나 문 쪽으로 걸어갔다.

"내 평생소원이 뭔지 알아?"

그는 문 앞에서 내 쪽으로 돌아선 채, 문을 가리키며 말했다.

"이 문처럼, 당신이 나한테 마음을 열어주는 거."

내가 어떤 반응도 보이지 않은 채 문 쪽으로 걸음을 떼자, 그는 다시 돌아서 한 손을 들어 흔들어 보이며 밖으로 걸어갔다.

바랄 걸 바라.

목구멍으로 올라오는 말을 꿀꺽 삼키면서 그의 뒷모습을 바라보다가, 자리로 돌아와 휴대폰을 들었다.

아빠 돌아왔어. 엠티 간다고 했으니까,

출발 전에 아빠한테 전화해.

이아에게 문자를 넣은 다음, 나는 회의실로 향했다.

6

팀원들은 이미 와 있었다. 회의실엔, 담당인 민 기획이 대형 모니터에 환경 광고 브리프를 띄워놓은 채 나를 기다리고 있었다.

"광고주 담당자를 만나고 돌아와서 브리프를 다시 썼습니다."

민 기획은, 광고주가 요구하는 새로운 기획방향에서부터 얘기를 시작했다. 휴가 가기 직전에 들은 대로, 환경보호에 대한 관심을 유도할 수 있는 광고를 원한다는 거였다.

"그동안 환경과 관련된 많은 광고들이 문제의 심각성을 강조하면서 그 나름대로의 해결책을 제시해왔다는 거죠. 그래서 자기들은 그런 광고보다, 지금까지 다뤄지지 않은 화제성 있는 소재를 내세워서이 광고 자체가 사람들의 관심을 끌고, 그 관심이 환경보호로 이어지길 원한다는 겁니다."

감이 잘 잡히지 않았다. 예를 들면 어떤 광고를 원하는 거냐고 나는 물었다. 민 기획도 같은 질문을 담당자에게 했고, 돌아온 대답은우리 회사의 화장품 광고,라는 거였다.

환경보호 광고를 화장품 광고처럼 이라니. 감은 잡히나 난감하긴 마찬가지였다.

"이건 공익광고의 선을 넘으라는 거 아녜요?"

새로운 시도가 필요하겠다며, 정 피디는 대체 왜 갑자기 그렇게 방향이 선회됐는지를 물었다.

"거기 회장님한테 담당자가 사전 보고를 드렸나 봐요. 광고를 이런 방향으로 진행하려고 한다고. 근데 회장님이, 광고는 시선을 붙잡는 게 제일 중요하다면서, 그러기 위해선 이 방향으로 가야 한다고 말씀하셨대요. 그 분, 자그마치 광고를 전공하셨다고……."

헐, 하는 소리가 모두의 입에서 동시에 나왔다.

시간은 빠듯하고 아이디에이션은 힘들 것 같아서, 이슈가 될 만한 자료들을 찾아봤다며, 민 기획은 그중 몇 가지를 브리프와 별도로 제시했다.

민 기획이 얘기를 끝내자, 팀원들의 이런저런 질문과 토론이 이어졌다.

"아무리 그렇다하더라도, 심각한 환경문제를 강조하는 방향도 가져가야 하지 않을까요?"

"보스께서 말씀하신 방향이라잖아. 게임 끝난 거야."

"광고회사가 하는 일이 뭔데요. 광고주가 잘못 생각하고 있는 게 있으면 바로 잡아줘야죠."

"그분, 자그마치 광고를 전공하셨다는."

"시간도 없는데, 그냥 한 방향으로 가자고."

"기업 이미지를 좋게 만들어주는 광고도 아닌데, 팩트를 무시하고 새 날아가는 얘기를 왜 해야 하는 건지."

"원래, 좋은 광고는 좋은 광고주가 만드는 거야."

"그런 말, 무책임하지 않아요?"

"광고가 화제성을 얻고 그래서 사람들이 환경보호에 더 관심을 가지게 되면, 그게 꼭 무책임한 건 아니지. 오히려 광고도 살고 효과도 좋으면, 그거야말로 꿩 먹고 알 먹고, 도랑 치고 가재 잡고 아냐?"

"환경 광고를 꼭 팩트로만 광고해야 한다는 것도 편견이야. 신박한 소재로 환경에 대한 사람들 시선을 붙잡아 보는 거, 삼빡한 시도일 거 같은데?"

"해외광고제에서 상도 한번 타보고 말이죠."

"전투력 만렙인데? 민 기획이 미리 보내준 자료 중에 그런 소재들이 뭐가 있는 것도 같은데……."

"근데 만렙이 뭐예요?"

"게임에서 최고 레벨을 얘기하는 거야. 말 끊지 말고."

"토양을 살려주는 외계 물질에 대한 토픽도 있었고, 최근에 발견된 쌍둥이 지구에 대한 기사도 있었구요."

지금까지 환경 광고에서 잘 다루지 않은 소재 쪽으로 얘기가 모아졌다. 정 피디 말처럼 선을 넘어갈 필요가 있었다. 나는 새로운 소재 쪽에서 아이디어의 단초를 찾아보자고 말했고, 팀원들도 대체로 동의했다. 다음 회의 땐 아이디어를 들고 만나기로 하고 회의를 끝냈다.

내 방으로 돌아가며, 잠깐 그를 생각했다.

그 사람은 지금 뭘 하고 있을까?

아침은 제대로 먹었을까?

7

환경 광고 자료들을 숙독하고 있는데, 귀감이 방으로 들어왔다.

"뭐해?"

"일해."

"기분도 싱숭생숭할 텐데, 오늘은 그냥 데이트나 하지? 아이디어 내는 일은 젊은 친구들한테 맡기고."

"완전 뒷방마님 취급하시네? 너무 한 거 아냐?"

"이런 억지유부."

"뭐, 하긴. 하지만 뒷방마님도 가끔은, 젊은 친구들이 깜딱깜딱 놀라는 아이디어를 뽑아낸다는 사실!"

"어련하시겠습니까."

나는 탁자로 걸어 나가, 귀감과 마주앉았다.

이거 좀 볼래? 하면서 그가 자기 휴대폰을 내게 내밀었다. 인터넷으로 검색한 해외토픽 기사가 떠 있었다.

마이클 샌델(34)은 맨해튼 센트럴파크에서 아침 조깅을 하다가 자신과 외모가 똑같은 한 남자와 마주쳤다. 그의 이름은 마이클 존슨(38). 시카고에서 업무 차 뉴욕에 출장 왔고, 호텔에 인접한 공원으로 아침 산책을 나갔던 것. 나이는 다르지만 이름까지 같은 두 사람은 신기해했고, 직업과 종교, 심지어는 결혼한 날짜까지 똑같다는 사실을 알고는 더 놀라워했다.

내가 화면에서 눈을 떼자, 그가 물었다.

"어때? 그럴듯하지?"

뭐가? 하면서 나는 되물었다.

"정원 씨는 도플갱어라는 거지."

"왜? 카페에선, 정원 씨 기억까지 복제한 인간이라더니."

"왜냐고 물으시면, 이건 우리 와이프님의 주장이거든."

"얘기 했어?"

귀감은 고개를 끄덕이곤, 기사를 가리키며 말했다.

"마리가 이 기사를 보내주면서 도플갱어가 틀림없다고……."

마리는 귀감의 아내이고, 현재 제주도에 있다. 그녀는 자주 고향인 제주도 집에 가서 한두 달 지내다오곤 한다.

"괜히 얘기했나봐. 완전 흥분해가지고…… 당장 비행기 탈 기세야."

"잘 됐네, 와이프 없으니 심심하다더니."

반어법도 몰라?라고 말하곤, 귀감은 다시 정색하며 말했다.

"나 역시 도플갱어가 그럴 듯하다고 생각하는 건, 좀 전에 민 기획이 환경 광고 중간보고를 하는데, 쌍둥이 지구 얘길 하더라구."

그게 뭐?라며, 나는 그를 바라봤다.

"쌍둥이라는 게 뭐야. 결국은 도플갱어 아니겠어? 아 물론 모든 게 같을 수도 있지만, 그렇지 않은 경우도 있고 말이야. 이란성 쌍둥이처럼."

어쨌든 유전자도 외모도 생일도 공유하는 두 사람, 하고 귀감은 말했다. 나는 고개를 끄덕이며 시계를 봤다. 11시를 조금 지나 있었다. 그런 나를 보며 귀감이 얘기했다.

"점심 약속 있구나? 새 정원 씨하고."

나는 다시 고개를 끄덕여 보이며 말했다.

"근데 새 정원이 뭐야. 그럼 진짜 정원 씨는 헌 정원이 되는 거잖아?"

그게 또 그렇게 되네, 하면서 귀감은 고민에 빠졌다. 그러고 보니, 그가 자기 이름을 기억해낼 때까지 부를 수 있는 이름이 없었다. 나도 그의 고민에 동참했다.

"또 정원, 어때?"

귀감이 말했다.

"정원2는 어떨까?"

내가 말했다.

"쌍둥이 정원, 줄여서 쌍 정원은 어때?"

자신이 말해놓고도 귀감은 좀 이상하다고 했다.

"아니면 돌아온 정원에서 돌아를 떼고, 온 정원은 어떨까?"

역시 카피라이터는 달라, 하면서 귀감은 '온 정원'이 좋다고 했다.

"온 정원은 따듯한 정원도 되니까 말이야. 정원 씨, 참 따듯한 사람이었잖아."

그는 '온'을 '따듯함'으로도 해석했다. 나는 그 해석이 더 마음에 들었다. 온정원 씨하고 점심 맛나게 먹어요, 하면서 귀감이 일어설 때, 정 피디가 열린 문을 급하게 노크했다.

"유부, 지순희 씨가 갑자기 와서, 유부를 뵙고 가겠다는데요?"

무슨 일 있어? 하고 귀감이 나를 보며 물었지만, 나는 어깨를 으쓱할 수밖에 없었다.

"유부하고 점심을 같이 하고 싶어 했는데, 제가 잘랐어요. 그런 거 싫어하셔서."

"잘 했어. 지금 어딨는데?"

"회의실에요."

나는 내 방으로 '모시고' 오라고 했다.

지순희는 제법 큰 꽃바구니를 든 채 방으로 들어섰다. 나는 직접 차를 타서 그녀 앞에 건넸다.

"어머, 직접 차를 다 타주시고. 영광입니다."

그녀가 과하게 고마워했다. 우리 회사엔 차 심부름하는 직원이 없어서요,라는 말은 귀찮아서 하지 않았다. 그녀는 지나는 길에 잠깐 들렀다고 했다.

"부사장님이랑 같이 점심을 하고 싶다고 했더니, 약속이 있으시다고."

그러네요, 하고 나는 간단히 대답했다.

"매번, 제 이미지를 잘 살려주는 광고를 만들어주셔서 얼마나 고마운지 모르겠어요. 꼭 한번 찾아뵙고 정식으로 인사드리고 싶었거든요."

그녀는 얼굴이나 이름에서 풍기는 이미지처럼, 주로 청순가련형의 배역을 맡았다. 그러나 촬영장에서, 그런 이미지와 연기와는 반대되는 그녀의 이중적인 모습을 목격했던 나로선, 그저 웃음으로 대답을 대신할 수밖에 없었다. 굳이 사무실까지 찾아와서 이렇게 감사의 인사를 하는 데는 이유가 있을 거란 생각이 들었고, 아니나 다를까 그녀는 쫑파티 얘기를 꺼냈다.

"지난번에 촬영 끝나고 나서 쫑파티를 했어야 하는데, 제가 사정이 좀 있어서 못 했어요. 그때 놓친 쫑파티, 제가 바로 마련할 거예요. 부사장님, 꼭 참석해주셨으면 해서요."

"바빠서 어렵다고 전하라고 했는데, 정 피디가 얘기 안 하던가요?"

"얘기 들었는데요, 이번엔 제가 특별히 신경 많이 써서 준비할 거거든요. 꼭 한번 와주십사 하구요."

"글쎄요. 쫑파티를 원래 좋아하지 않기도 해서요."

"부사장님께서, 모델이 원하는 건 최대한 들어주라고 늘 말씀하신다고 들었어요. 이번 한번만, 꼭 한번만 와주시면 안 될까요?"

난감했다. 내가 생각하는 사이, 그녀가 머리까지 숙이며 거듭 말했다.

"꼭 한번만. 진심으로 부탁드려요."

"알았어요. 시간이 맞으면 갈게요."

그렇게라도 말하지 않으면 그녀가 사무실을 떠나줄 것 같지가 않아서, 나는 대답을 얼버무렸다. 그 사람이 나를 기다리고 있을지도 모른다는 생각이 조급함을 끌어내고 있었다.

몇 마디 얘기를 더 주고받은 후에, 그녀는 자리에서 일어났다. 돌아갈 때도 문 앞에서 인사를 하도 깍듯이 해서, 나는 촬영장에서 본 모습으로 편견을 가지고 그녀를 대했나 싶기도 했다. 자신의 이미지나 연기처럼 그녀에게도 순수한 면이 있을 텐데, 하고 생각하니, 살짝 미안한 마음도 들었다.

책상 앞에 앉으며 휴대폰을 열었을 때, 이아의 문자가 와 있었다.

시험 보느라 답문자 못했어.

아빠랑 통화했고.

다녀올게.

토끼공주 이모티콘이 하트를 마구 날리고 있었다.

8

〈웃기는 짜장면〉이 생각난 건, 지난밤 잠자리에 들면서였다. 바로 휴대폰으로 맛집 검색을 해보니 아직도 같은 곳에 건재하고 있었다. 예전에 정원과 자주 갔던 중국 요리점이었다. 그 사람의 기억 속에도 그 집이 있었으면 하는 마음이 들었다. 나는 그 짜장면을 점심 메뉴로 정하고 그의 오피스텔로 향했다.

그는 나를 기다리고 있었다. 나는 맛있는 걸 먹으러 가자며 그를 데리고 나왔다. 아침엔 시리얼을 설명서대로 우유와 함께 먹었다고 했다. 밥도 안 먹은 사람한테 짜장면을 먹여도 될까, 싶은 생각이 순간적으로 들었지만, 일단은 그대로 밀고 나가기로 했다.

그 집은 오피스텔에서 도보로 10분 거리에 있었다. 걸어가면서 나는 '웃기는 짜장면'에 대해 얘기해줬다.

"웃기는 짜장면은 그 집의 역사랑 같이 해온 가게 이름이자 메뉴예요. 어쩌면 그 이름 때문에 더 기억되는 것도 있을 거예요. 왜 웃기는 짜장면이냐고 물어본 적이 있었어요. 주인아저씨가 사람 좋은 웃음을 지으며 그러더군요. 너무 맛있어서 절로 웃음이 나게 해주니까 웃기는 짜장면이지요, 하구요."

그는 재미있어했다.

"여기, 혹시 와본 적 없어요?"

'웃기는 짜장면'을 주문하고 나서, 그에게 물어봤다. 그는 가게 안을 둘러보면서 대답했다.

"처음 와본 거 같은데요."

너무 성급한 질문이었나 싶어서, 나는 더 이상 물어보지 않았다. 점심시간이 조금 지나선지, 손님이 많진 않았다.

그는 짜장면을 맛있게 먹었고, 단무지까지 입에 딱 맞춤이라며 자주 오자고 했다.

다시 오피스텔로 걸어가는 길에 남성의류매장을 들렀다. 나는 옷 감이 두꺼운 캐주얼웨어들과 코트를 골라주었다. 그중에서, 그가 처음부터 마음에 든다고 했던 흰색 점퍼와 청바지를 입은 그의 모습은 환하게 빛이 났다.

흰색을 골라주는 게 아닌데. 옆에 서면 내가 나이보다 더 보이겠는 걸.

혼자 생각하며, 나는 피식 웃었다. 코트는 입고 쇼핑백을 든 채 매장을 나서며, 그는 그 말을 잊지 않았다. 고맙습니다.

오피스텔 입구에 우편함이 보였다. 207. 정원이 살았던 집 호수를 보자, 가보고 싶은 생각이 왈칵 들었다. 나는 그에게 207호에 대해 얘기하고 문 앞까지만 같이 가보자고 했다. 그는 순순히 따라왔다.

막상 문 앞에 서자, 가슴이 저릿해져 왔다. 벨을 눌러보고 싶은 충동도 일어났지만, 행동으로 옮길 순 없었다. 그저, 그 옛날 그 자리에 서서 눌렀던 기억을 떠올리며 집게손가락을 벨에 대어봤을 뿐이었다.

나는 옆에 서있는 그의 얼굴을 한번 바라보고 나서 발길을 돌렸다.

딩동딩동.

순간, 그가 벨을 눌렀다.

침묵.

당황스러웠지만, 나는 가만히 있었다.

딩동딩동.

또 한 번 침묵.

안에선 아무런 반응이 없었다. 나는 다시 발길을 돌렸다.

"누구세요?"

우리가 계단을 올라가려 할 때, 갑자기 남자의 큰 소리가 들렸다. 207호였다. 내 뒤를 따라오던 그가 문 앞으로 되돌아가 그와 얘기를 주고받았다. 나는 천천히 그들 쪽으로 다시 돌아갔다. 사정이 그렇다면 잠깐만 들어왔다 가시죠 뭐. 추리닝 차림의 젊은 남자는 그렇게 말하며 문을 열어주었다.

안으로 들어갔다. 가구와 잡동사니들이 발 디딜 틈 없이 실내를 빼곡하게 채우고 있었다. 많이 좁아 보이는 건 그 이유가 큰 듯했다. 옥살리스가 놓여 있었던 창가자리까진 나아갈 수도 없었다. 좋지 않은 냄새까지 더해져서, 좋은 추억이 침식당하게 둘 순 없었다. 빨리 그곳을 벗어나고 싶었다.

고맙습니다, 하고 인사한 다음 우리는 방을 나왔다.

"아까 뭐라고 사정 얘기를 한 거예요?"

계단을 올라가며, 나는 물었다.

"예전에 거기 살았는데 기억을 잃어버렸다고, 그래서 안을 한번 보면 기억을 찾는데 도움이 되지 않을까 싶다고 얘기했어요."

그는 웃으며 대답했다.

"그냥, 당신한테 집안을 한 번 보여주고 싶어서 그랬어요. 난 어차 피 기억에 없는 집이라서……."

그의 기억 찾기를 도와주겠다면서, 사실은 내 기억을 되살리고 있 었군.

그렇게 생각하면서, 나는 306호를 향해 걸어갔다.

우리는 거실 소파에 나란히 앉아 차를 마셨다. 창가로 들어오는 햇살도 좋고, 그 햇살을 받고 있는 옥살리스도 보기 좋았다. 그도 옥 살리스를 보며 말했다.

"저 꽃도 당신도 처음부터 낯이 익은데, 이 집이나 방금 갔던 음식 점, 거리 같은 곳은 그런 느낌이 전혀 안 드네요. 낯설어요."

"차차 생각이 나겠죠. 너무 애쓰지 말아요."

그래, 이 사람을 압박하지 말자.

찻잔을 탁자에 내려놓으면서 나는 생각했다.

"미안해요, 아무것도 기억해내지 못해서."

그도 잔을 내려놓고 나를 보며 말했다.

"아녜요. 서두르지 말아요. 천천히, 천천히 가자구요."

그냥, 다시 떠나거나 사라지지만 말아요,라는 말은 삼켰다.

"마음 같아선, 어디 여행이라도 같이 다녀오고 싶은데, 지금 당장은 힘들 거 같아요."

"여행보다, 우선은 내가 누군지부터 찾아내야죠."

"내가 지어온 이름이 있어요."

"내 이름말이에요?"

나는 고개를 끄덕이고 말했다.

"온 정원."

돌아온 정원, 혹은 따뜻한 정원,이라는 설명을 덧붙였다.

그는 말없이 고개를 끄덕였다.

"당신이 이름을 기억해낼 때까지만인데, 마음에 들지 않으면 못 들은 걸로 해도 돼요."

"마음에 들지 않는 건 아닌데, 나는 그냥, 당신이 나를 당신이라고 계속 불러줬으면 좋겠어요."

나도 그게 좋아요,라는 말 대신 고개를 끄덕이며, 나는 얘기를 이었다.

"이름이 필요할 땐 온정원이라고 하고, 그냥은 당신이라고 부를게요."

"나도 당신을 당신이라고 부를게요. 유부라고 부르는 거보다 그게
좋아서요."

그가 희미하게 웃으며 말했다.

'당신'이라는 말이 얼마나 따뜻한 말인지 아는 것 같았다. 예전의
정원처럼 깊은 감성이 있나보다 싶었다.

"집안에만 있으면 심심할 수 있으니, 가볍게 집 부근을 산책해 봐
요."

혹시 길을 잃어버리면 내 휴대폰으로 전화하라고 말하면서, 그에
게 휴대폰을 마련해줘야겠다는 생각이 들었다. 연락해야 할 일이 있
거나, 바빠서 연락할 수 없을 땐 어떡하려고 그 생각을 못 했지? 하고
속으로 나를 나무랐다.

나는 일단 내 휴대폰 번호를 메모해준 다음, 휴대폰을 마련해주겠
다고 말했다.

"미안해요."

"뭐가요?"

"미안한 거 투성이죠. 하나에서 열까지 신세지는 것도 미안하고,
당신을 알아보지 못하는 것도 미안하고…… 다 미안해요."

"미안하다는 말, 자꾸 하지 말아요."

그냥 편하게 생각하라고, 나는 예전의 정원을 생각하며 말했다.

하지만 기억해낼 거예요, 전부 다. 옅은 웃음을 담은 채 얘기하는

그의 모습이 유난히 맑아보였다.

"기다려줘요."

그의 말에 고개를 끄덕여 보인 다음, 나는 옥살리스를 가리키며 말을 이었다.

"쟤는 꽃말도 참 예뻐요."

뭔데요? 하면서 그가 내 얼굴을 봤다.

나는 또박또박 얘기했다.

"끝까지, 당신을, 지켜줄게요."

그가 나의 말을 받아 나지막이 되새겼다.

"끝까지, 당신을, 지켜줄게요."

나는 잔을 들어 차를 한 모금 마신 후에 다시 얘기했다.

"사람들은 이 꽃을 사랑초라고 불러요. 옥살리스라는 이름이 아무래도 입에 잘 붙지 않아서일 수도 있지만, 꽃말을 생각하면 그 우리말 이름이 이해가 돼요. 거기다, 어두워지면 잎들이 서로 붙어 껴안고 있는 모습이 꼭 연인들 같거든요."

그도 차를 한 모금 마시고 잔을 내려놓았다.

"그 사람을 지켜주지 못했어요. 혼자 보내는 게 아니었는데 그렇게 떠나게 했어요."

그가 고개를 돌려 내 얼굴을 깊이 봤다.

"당신이 당신을 기억해내든 기억해내지 못하든, 그것과 상관없이 당신은 내가 지켜줄 거예요."

그가 맑게 웃으며 나를 봤다.

나는 그 말을 생각하고 또 생각했다.

끝까지 당신을 지켜줄게요.

3장 _____ **그때의 나는 왜 그랬을까**

1

엄청난 경쟁을 뚫고 들어간 광고회사였다. 자부심만큼 카피라이터로 열심히 했다. 그러나 늘 촉박한 일정 속에 전쟁처럼 진행되는 일을 따라가다 보면, 퇴근시간은 지켜지는 날이 없었고, 주말이란 단어도 아예 잊고 살아야 했다. 그렇다고, 나 내일은 쉴 거예요,라고 마음대로 말할 수 있는 입장도 아니었다. 그저 아침마다, 나 자신을 위한 파이팅을 외칠 따름이었다.

사람을 노예처럼 부려먹는 그 따위 회사에 뭐 하러 다니느냐고, 아버지는 입사 초기부터 말했다. 그리고 아버지의 그런 말은, 듣고 싶지 않은 그 다음 말로 매번 이어졌다.

빨리 결혼이나 해.

아버지에게 마음을 닫은 채 지내온 나로선, 혈육과 나누는 가장 긴 대화이기는 했다. 그리고 아버지가 습관처럼 하는 그 말은, 역설적이게도 내가 회사를 절대 그만두면 안 된다는 자극이 되어 주었다.

대학을 졸업하자마자 결혼한 친구도 있었다. 그러나 결혼이라는 인생의 한 과정은 아직 나에겐 먼 훗날의 얘기였다. 어렵게 들어간 직장인만큼, 그 버티기 힘든 상황을 어떻게든 이를 악물고 버텨내겠다는 마음 또한 컸다. 하루하루를 전쟁 치루 듯 살아도, 결혼이라는 울타리로 도피하고 싶은 마음은 손톱만큼도 없었다.

더군다나 내겐 원치 않는 정혼자가 있었다.

그 얘기를 처음 들었을 때, 나는 콧방귀를 뀌었다. 아버지들끼리 의기투합해서, 내가 어렸을 때부터 정해놓은 결혼상대라니. 도무지 말이 되지 않았다. 지금 우리가 어느 시대를 살고 있는데 정혼이라니. 어이가 없었다.

강제후.

물론 그와는 어릴 때부터 알고 지냈다. 나의 아버지와 그의 아버지는 절친한 친구 사이여서, 내가 초등학생 시절엔 두 가족이 함께 만날 때마다 그와 같이 놀았다. 중학생이 되면서는, 가끔 둘이 만나 밥을 먹고 영화를 보기도 했다. 더욱이, 아버지가 다니던 직장을 그만두고 그의 아버지 회사인 〈순〉에 다니기 시작하면서부턴, 회사에서 제후와 그 아버지를 함께 만나는 날도 더러 있었다.

그러나 그뿐이었다. 나이가 나보다 두 살 많은 제후는 그냥 '아는 오빠' 그 이상도 이하도 아닌 존재였다. 그는 가끔 농담하듯 자신의 마음 한 자락을 내보이기도 했지만, 나는 그것이 '우정'에도 한참 못 미치는 치기어린 감정이라고 생각했다.

그러나 대학을 외국으로 유학 간 그가 첫 방학을 맞아 돌아온 어느 날, 두 아버지는 그와 나를 나란히 앞에 앉혀두고 말했다.

제후하고 해상이. 너희들이 어릴 때부터, 우리는 둘을 결혼시키기로 약속했다. 그러니까 한 눈 팔지 말고 서로만 바라보면서 착실하게 연애하다가, 때가 되면 결혼하도록 해라.

그렇게 황당한 얘기를 너무도 당연한 듯이 말하다니.

미친, 하는 욕이 머릿속을 채웠지만, 차마 입 밖으로 내놓을 순 없었다. 그리고 그가 내게 적극적으로 나온 건 그때부터였다.

나, 해상이 너 진짜 좋아해.

그의 고백처럼, 정말 나를 좋아하는 것도 같았다. 그러나 그건, 그의 아버지가 가하는 압력 때문이라는 걸, 남자가 먼저 적극적으로 나가야 한다는 충고 때문이라는 사실을, 나는 얼마 지나지 않아 알아챘다.

그를 좋아하는 감정이 도무지 생기지 않았다. 더군다나 나는 그때 고등학생이었다. 아버지의 압력에 못 이겨 그를 가끔 만나긴 했지만, 그것도 방학 때뿐이었다. 입시 준비로 시간이 없다는 사실은, 그를 피할 수 있는 더 없이 좋은 핑곗거리였다.

2

그런 상황은 내가 대학에 진학하고도 계속됐다. 그래도 나는 신입생이면 의례히 하게 마련인 미팅도 하고 소개팅도 했다. 그러나 마음이 가는 사람은 없었다. 나 자신도 왜 그런지 이유를 알 순 없었지만, 한 가지는 분명했다.

어떤 사람이 이상형이야?

친구들이 물을 때마다 나는 난감했다. 내가 어떤 사람을 좋아하는지 도무지 생각해낼 수가 없었다. 친구들이 이상하다고 할 정도였다. 내숭 떨지 말라는 소리까지 심심찮게 들었다.

내가 대학을 졸업하고 광고회사에 들어갈 즈음에, 제후는 석사 학위를 마치고 완전히 돌아왔다.

제후 군대 간단다.

그가 현역으로 입대할 예정이라는 사실은 아버지를 통해 들었다.

결혼이 정해진 것도 있다마는, 네 주제에 제후만한 남자를 어디서 만나? 학벌이나 집안이나 인간 됨됨이를 보라고! 뭐 하나 빠지는 게 있냐? 내가 괜히 그러는 게 아니다. 다 널 위해서 그러는 거지.

아버지는, 제후가 입대하기 전에 서둘러 결혼할 것을 나에게 종용했다. 그때마다, 마음이 가지도 않는 사람하고 어떻게 결혼을 하라는 거냐고, 나는 반박했다.

나는 뭐, 마음이 가서 네 새엄마들을 집으로 들인 줄 아냐? 다 널 엄마 없는 자식 만들지 않으려고 그런 거다.

엄마는 나를 낳고 육 개월이 채 안 돼 세상을 떠났다. 나는, 같이 살던 할머니 손에 키워졌다. 그리고 내가 기억하는 어릴 때부터 '새 엄마'의 이름으로 수많은 여자들이 바뀌어나갔다. 그걸 그렇게 자신을 합리화하는 방편으로 말하는 아버지 앞에선 아무 말도 하고 싶지 않았다.

그럼에도 나는 계속 항변했다. 아버지에겐 도무지 먹히지 않는 얘기일 뿐이었지만. 제후가 나한텐 과분한 신랑감이니 '닥치고' 결혼하라는, 수용할 수 없는 잔소리만 되돌아왔다. 금고와 대화하는 기분이었다.

오히려 조용한 건, 제후네 쪽이었다. 고맙다 싶을 정도였다.

입대 직전에 한번 만났을 때도, 그는 별로 말이 없었다. 결혼 얘기는 일체 꺼내지 않았다. 억지로 끌려가는 기분, 그런 것 때문인가 보다 싶었다. 왠지 안쓰럽고 응원해주고픈 마음까지 들었다.

편지해줄 거지?

그가 물었다.

봐서.

그렇게 대답했지만, 나는 그에게 편지를 쓰지 않았다.

단 한 번도.

3

제후의 전역이 6개월 정도 남았을 즈음.

일은 여전히 힘들고 체력적 한계까지 느낄 정도였다. 뜸하던 아버지의 잔소리도 그 즈음엔 다시 나를 심하게 압박했다. 그가 제대하면 바로 식부터 올리자는 얘기였다. 한 귀로 듣고 한 귀로 흘리자고, 계속 나 자신을 세뇌하며 버텼다. 그러나 아버지의 주장은 한결같았다. 상황이 그렇다보니, 그 와중에 찾아온 그 인쇄광고 프로젝트는 내게 한 줄기 빛과도 같은 탈출구였다.

회사의 모든 광고주 중에 매체비를 가장 많이 쓰는 대기업이었다. 그들이 전국의 대학신문을 통해 기업광고를 대대적으로 하겠다고 했다. 전체 제작 기간만 두 달이 주어진 큰 프로젝트였다. 그런데 대학생들을 타겟으로 하고, 대학별로 그 대학 재학생과 졸업생 두 사람이 등장하는 광고이다 보니, 제작 스태프 역시 젊은 사람들을 광고주가 요구했다.

사실 스태프라고 해봐야, 각 대학을 돌며 취재하고 그 내용을 카피로 다듬을 카피라이터와, 해당 학교를 배경으로 두 인물을 촬영할 사진작가, 그리고 사무실에서 광고를 디자인할 디자이너와, 그 제작물을 광고주에게 제시하고 협의할 기획이 전부였다. 자연히, 팀 내에서 연차 낮은 카피라이터인 내가 취재와 카피를 담당했고, 그 촬영을 맡은 사진작가가 차정원, 바로 그 사람이었다. 귀감은 그 프로젝트의 기획을 담당했다.

차정원 씨 괜찮지 않냐?

괜찮으면?

둘이 다니면서 연애나 한 번 찐하게 해봐.

나와 제후의 결혼 문제를 알고 있는 귀감은, 본격적인 일정이 시작되기 전부터 농담을 던졌다.

친구를 나쁜 길로 내치는 옴므 파탈의 귀감이야, 아주.

그렇게 말하며, 나는 귀감의 말을 웃어 넘겼다.

팀 내의 다른 일을 모두 면제받은 나는, 정원과 둘이서 전국의 대학들을 찾아다니며 취재하고 사진을 찍었다. 물론 등장하는 인물들의 대화내용을 카피로 정리하는 일은 회사로 돌아와 그때그때 했지만, 대개는 가까운 대학들을 몇 개 그룹으로 묶어 돌다보니, 3박4일 정도의 출장이 연이어졌다.

일정 내내, 속이 탁 트이는 기분이었다. 더욱이, 계속 동행한 정원은 연애 경험이 없는 내 마음을 단박에 흔들어놓았다. 그는 섬세하면서도 맑았다. 점점 **빠져드는** 나 자신을 느끼면서, 내 이상형이 바로 이런 사람이구나 싶었다. 귀감의 농담이 현실로 되어가고 있었다.

정원 역시 나에게로 향하는 마음을 숨기지 않았고, 우리 둘은 급격히 사랑의 감정에 물들어갔다.

그 일정 후반 즈음에, 그는 출장 간 대학의 인근에 있는 바닷가로 나를 데려갔다. 그가 자란 고아원이 가까이 있는 곳이라고 했다. 바다는 그림처럼 예뻤고, 우리는 그곳을 '바다정원'이라 이름 지으면서 서로의 사랑을 확인했다.

4

프로젝트가 끝난 후에도, 나는 정원과 계속 사랑을 키워갔다. 야근을 핑계로 그의 오피스텔에 머물다가 집으로 가는 날도 잦았다. 옥살리스는 늘 그의 집 창가에 예쁘게 피어 있었다.

그와 둘이만 같이 있으면, 세상에 부러울 게 없었다. 그러나 한편으로는, 그에게 말하지 못한 '강제후'라는 존재의 불안함도 그만큼 더 커졌다. 귀감은 물론, 그의 아내 마리까지 나서서 말하지 말라고 했지만, 나는 정원을 속이고 싶지 않았다.

제후가 전역하기 보름 전쯤.

나는 그에게 제후와의 관계를 얘기하겠다고 마음먹었다. 그러나 그를 보자마자 웬일인지 눈물부터 났다. 정원에게 미안한 마음, 어디에도 하소연 할 수 없는 억울한 마음이 뒤섞여 말을 꺼내기가 힘들었다.

정원은 나를 꼬옥 안고 내 어깨를 다독여주었다. 나는 그에게 안긴 채 눈물을 추스른 후, 나란히 앉아 그에게 모든 걸 얘기했다.

괜찮아.

괜찮아.

내가 지켜줄 거니까.

그는 내 손을 잡은 채, 옥살리스의 꽃말을 얘기하면서 서로 믿고 힘든 시간을 잘 이겨 나가자고 했다. 어떤 어려움이 있어도, 아버지와 제후네가 어떻게 나와도, 나는 정원과 헤어지지 않겠다고 다짐했다.

그러나 상황은 점점 수렁 속으로 빠져들어 갔다. 늘 건강이 좋지 않던 제후 어머니가 그 즈음 간암 말기 판정을 받았다. 곧바로 수술을 했지만, 종양이 너무 넓게 퍼져 있어서 중간에 수술을 포기했다고 했다.

아버지는 제후 어머니를 문안가자고 했다. 나는 아버지와 함께 병원을 찾았다. 내가 입원실에 들어서자, 제후 어머니가 누운 채 나를 반겼다. 제후 아버지도 환자 옆을 지키고 있었다. 나는 제후 어머니의 손을 쥐며 꼭 쾌차하시길 빈다고 말했다. 고맙다, 그녀는 애써 웃으며 말했다.

제후 아버지가 차를 한 잔 하자고 했다. 나는 아버지와 같이 제후 아버지를 따라 병원 커피숍으로 갔다. 차를 마시며, 갑자기 늙어버린 것 같은 얼굴로 제후 아버지가 말했다.

해상아. 제후 엄마가 얼마 못 살 거 같다. 집사람이 살아 있을 때 너하고 우리 제후하고 결혼하는 걸 보고 싶단다. 아저씨가 간절히 부탁하마. 제후가 제대해 나오는 즉시로 결혼식을 올려줬으면 싶다.

병원을 빠져나오면서, 아버지는 결혼식 날짜부터 잡겠다고 했다. 나는 아버지에게 할 말이 있다고 했다. 더 미룰 상황이 아니었다. 그 길로 가까운 커피숍에 마주 앉아, 나는 정원에 관한 얘기를 꺼냈다.

사랑하는 사람이 있어요. 같이 광고 일을 하는 사진작가고, 결혼을 하게 되면 그 사람과 할 거예요.

아버지는 거짓말 하지 말라는 얘기부터 했다. 내가 제후와 결혼하기 싫어 둘러대는 헛소리로 받아들였다. 나는 계속 거짓말이 아님을 얘기했고, 결국 아버지는 당장 헤어지라고 소리쳤다.

그 사진가인지 뭔지 하는 놈을, 내가 그 바닥에서 매장시켜버리기 전에 깨끗하게 헤어지고, 회사도 때려치우고, 빨리 결혼준비나 해.

말이 통하지 않았다.

역시, 금고한테 이야기하는 기분이었다.

5

제후가 제대해 나오자마자, 아버지는 일방적으로 결혼식 날짜를 잡아버렸다. 나는 제후를 만난 첫날, 사랑하는 사람이 생겨서 결혼할 수 없다고 했다. 그는 한숨만 연거푸 길게 내쉬다가 나를 똑바로 보며 말했다.

나도 어쩔 수가 없어. 엄마를 위해 마지막 효도 한번 하라는데. 그냥 눈 딱 감고 결혼해주면 안 되겠냐? 다른 남자를 사랑한다는 네 말이 사실이든 아니든, 그건 상관하지 않을게. 지금도 앞으로도. 나는 어차피 그런 거 따질 자격도 안 되는 놈이고. 그러니까 그냥 결혼해주라.

진짜 사랑하는 사람이 생겼다고, 자격이 안 된다는 건 무슨 의미냐고, 결혼은 다른 누구를 위한 것이 아닌, 자기 자신의 행복을 위해 하는 거라고, 이것저것 얘기하고 싶었지만, 그와 마주앉아 있는 것 자체가 고역이었다.

내가 아버님을 만나볼게.

상황 얘기를 들은 정원은, 아버지를 만나 우리 사랑을 인정해달라고 빌어보겠다고 했다. 망설이긴 했지만, 그의 결심이 워낙 확고해서 말릴 수 없었다. 나는 그를 데리고 집으로 갔다.

그를 보자마자, 아버지는 그를 복싱하듯 두들겨 팼다. 그는 말도 한 마디 제대로 꺼내보지 못한 채, 날아오는 아버지의 주먹을 고스란히 받아냈다. 얼굴과 앞가슴이 코피로 범벅된 상태로 무릎을 꿇고 있는 그에게, 아버지는 종이를 내밀며 헤어지겠다는 각서를 쓰라고 했다.

그럴 수 없습니다, 아버님.

뭐? 아버님? 내가 어떻게 네 놈 아버지야!

화가 치민 아버지는, 죽여버리겠다며 부엌으로 식칼을 가지러 달려갔다. 일단은 자리를 피하고 볼 일이었다. 나는 그의 손을 쥐고 밖으로 도망쳤다.

우리는 그길로 곧장 바다정원으로 향했다. 나는 전화로 귀감에게 사정을 얘기하고 회사에 휴가원을 내달라고 했다. 바닷가 민박집에서, 우리 둘은 같이 지냈다. 우선은 부어오른 그의 얼굴이 가라앉아야 했다. 바다정원과 가까운 그의 고아원에 가 있는 건 어떨지 얘기해봤지만, 연로한 원장부부 앞에 그런 몰골로 나타날 순 없다고 했다. 자신이 많이 부족한 사람이라, 아무것도 가진 게 없어서 일이 이렇게 되었다며, 정원은 계속 미안해했다.

미안하다는 말, 자꾸 하지 말아요.

나는 그의 미안하다는 말이 싫었다. 오히려 미안한 건 나였다. 그에겐 아무 잘못도 없었고, 모든 문제는 나로 인해 생긴 거였다. 아무도 모르는 낯선 곳으로 진즉에 도망쳐서 둘이 살았다면, 상황이 이렇게까지 나빠지진 않았을 텐데, 싶은 생각도 들었다.

그냥 우리 둘이서 결혼식 올려.

그의 얼굴 붓기가 가라앉으면서, 나는 둘만의 결혼식을 올리길 원했다. 하루라도 빨리 하는 게 좋겠다는 생각이었다. 식을 올렸다는데야, 아버지도 어쩌지 못할 것 같았다.

식을 올리는 덴 정원 역시 동의했지만, 조금만 시간을 벌자고 했다. 그러면서, 자신이 전세로 살고 있는 오피스텔을 처분하고, 그 돈으로 거처를 마련하는 게 우선이라고 했다.

오피스텔 전세가 빠졌다는 연락을 받은 날, 정원은 자기 차로 다녀오겠다고 했다. 짐을 모두 차에 싣고 돌아올 예정이었다. 출발하기 전, 그는 나를 바다정원 벤치에 앉히고, 곧 돌아온다며 거기서 기다리라고 했다.

그러나 그는 돌아오지 않았다.

피가 마르는 시간이었다. 왜 혼자 보냈는지 자책하고 또 자책하며 그를 찾아다녔다. 그 이틀 후, 정원은 산 속 아슬아슬한 길에서 나무를 들이받고 죽은 채 발견됐다. 내가 달려갔을 때 그는 이미 병원 안치실에 싸늘한 주검으로 누워 있었다.

나는 바다정원에서 배를 타고 나가 그의 유골 가루를 뿌렸다. 카메라들을 포함한 그의 유품과 돈은 모두 고아원에 전달했다.

그가 왜 그곳까지 갔는지, 그 시간 동안 무슨 일이 있었는지, 사고 원인은 뭔지, 밝혀진 건 아무것도 없었다. 차엔 블랙박스도 없었다. 고속도로 카메라에 담긴 그는, 분명히 자신의 차로 사고 인근까지 갔지만, 그 전후는 모든 게 오리무중이었다.

내게 남은 건, 옥살리스 토분과 자책뿐이었다.

제후와 밥 먹고 영화 보고 그런 짓을 하지 말았어야 하는 건데.

처음 정혼 얘기가 나왔을 때부터 강경했어야 하는 건데.

문제를 나 혼자 해결했어야 하는 건데.

정원에게 말하지 말았어야 하는 건데.

그를 아버지에게 데려가는 게 아니었는데.

그렇게 피투성이가 되도록 놔두는 게 아니었는데.

결혼식부터 올리자고 그를 힘들게 하는 게 아니었는데.

아직도 성치 않은 사람을 그렇게 혼자 보내는 게 아니었는데.

같이, 지구 끝까지라도 같이 갔어야 하는 건데.

머리를 쥐어뜯으며 나를 욕해도 용서가 안 됐다. 그리고 그 마음은 지금도 마찬가지이다.

정말,

그때의 나는 왜 그랬을까.

4장 _____ **어쨌든 슬픔예약금지**

1

살다보면, 인생이란 풍선에서 퓨우, 하고 바람이 빠지는 걸 느낄 때가 있다. 정원이 떠났을 때가 꼭 그랬다. 그런데 그가 다시 나타난 지금은, 쪼그라져 있던 내 삶이 다시 주체할 수 없이 부풀어 오르고 있다는 걸 느낀다.

책상 앞에 앉아 있었지만, 아이디어는 나오지 않았다. 이런저런 생각으로 마음은 풍선처럼 허공에 떠 있었다. 옥살리스에 물을 주고 다시 돌아와 앉아 휴대폰 사진첩을 열었다. 사진들 사이에서, 귀감과 함께 웃고 있는 그를 들여다봤다. 이아가 내 사진첩을 가끔 열어본다는 걸 알고 있는 귀감은, 그의 독사진을 휴대폰에 담아두지 말라고 했다. 대신, 자신과 같이 찍은 사진은 괜찮을 거라며 같이 포즈를 취해줬었다.

보고 싶다.

그와 같이 점심을 먹고 차를 마시고 온 지 한 시간밖에 지나지 않았는데, 마음은 다시 그 사람에게 가 있다.

그가 나타난 지 5일째. 매일 둘이서 점심을 먹고 차를 마셨다. 주말에도 일을 핑계로 집을 나와 그를 만났다. 예전 정원과 만날 때와 다름없었다.

여전히 그는 나도 자신도 기억해내지 못했다. 말은 천천히 가자고 했지만, 그가 빨리 기억해내주길 나는 바랐다. 그러나 한편으로는, 늦게 기억해내도 상관없다는 생각 역시 컸다. 그저, 희한하게 온 것처럼 황당하게 사라지지 말고, 오래 곁에 있어주기만 하면 되는 거라며 나 자신의 생각을 응원하기까지 했다.

귀감이 그에게 휴대폰을 건네줬을 때, 그는 휴대폰을 처음 보는 사람처럼 신기해했다. 이런저런 사용법을 귀감이 가르쳐줬지만, 그는 전화하고 메시지를 보내고 사진을 찍는 기능에 만족했다. 셋이서 차를 마시면서도 그는 내게 메시지 보내는 연습을 계속했다.

생각날 때마다 유부한테 메시지를 보내요, 하고 귀감이 장난스럽게 말했다. 그러면 안 된다고 내가 말하자, 그만한 건 안다며 그는 웃었다.

웃을 땐 정원 씨 이 백 퍼센튼데?

귀감도 같이 웃으면서, 간 정원 온 정원 구분하지 말고 그냥 정원으로 통일하자고 말했다.

그래도 괜찮아요. 정원 씨, 하고 불러 봐요.

그가 말했지만, 나는 다음에 그러겠다고 했다.

똑똑.

휴대폰 속 그의 사진에서 눈을 떼 문 쪽을 보자, 귀감의 아내 마리가 서서 나를 바라보고 있었다.

"안녕?"

그녀가 인사하며 안으로 들어왔다.

"오느라고 고생했죠?"

나는 자리에서 일어나 그녀에게 걸어가며 말했다. 일정을 앞당겨 돌아오는 그녀를 마중하러 공항에 간다고, 귀감은 아침부터 수선을 떨었다.

"참을 수가 있어야지. 집에 짐 던져놓고 바로 자기 보러 왔어."

"잘 했어요. 박사는?"

"같이 왔는데, 급한 일 생겼다면서 바로 나가던데?"

우리는 손을 잡은 채 탁자 앞에 마주 앉았다.

"뭘 그렇게 열심히 휴대폰을 들여다보고 있었는지 내가 맞춰볼까?"

그녀가 눈을 가늘게 뜬 채 뜸을 들인 다음, 정원 씨 사진, 하고 말했다. 들켰네, 하고 나는 웃었다.

"음, 역시 화색이 돌고 있어."

그녀는 내 얼굴을 빤히 들여다보며 말했다.

"그러지 말아요. 나도 내가 이상해져 가고 있다는 걸 알고 있으니까."

내가 머리를 가리키며 얘기하자, 그녀는 의자를 앞으로 더 당겨 앉으며 말했다.

"이상한 게 아니고 당연한 거야."

나는 그녀를 바라봤다.

"자기가 오매불망 그리워하던 정원 씨가 나타났어. 그것도 예전 모습 그대로 말이야. 그런데도 자기가 평소처럼 생각하고 행동한다면, 그게 오히려 이상한 거 아니겠어?"

"그래도, 보내준 그 기사의 도플갱어처럼, 백 퍼센트 정원 씨는 아니잖아요."

나의 말에, 그녀는 손가락을 까딱까딱 하며 얘기했다.

"노, 노, 노. 내가 도플갱어 어쩌고 한 건, 너무 성급한 나의 결론! 이 순간 이후로 싹쓸이해서 잊어버려."

두 손으로 크게 손짓을 하며, 그녀가 말을 이었다.

"정원 씨가 다시 자기 앞에 나타났어. 중요한 건 그거야. 같은 사람인지 다른 사람인지 따지지 말고 분석하지 말고, 그냥 그거 하나만 주문처럼 되새기는 거야."

내 머릿속엔 두 개의 생각이 공존했다. 정원은 예전에 죽었다는, 그래서 이 사람은 완벽하게 예전의 정원은 아니라는 생각이 하나. 그럼에도 그의 존재를 의심하고 싶지 않은 생각이 또 하나. 나는 그를, 그냥 내가 사랑했던 예전의 정원이라고 믿고 싶었고, 어쩌면 그것은 지금 내 앞의 그녀 말처럼 나 자신에게 거는 주문과도 같았다.

"이거, 세계 7대 불가사의 이상으로 불가사의한 일이란 생각 안 들어? 불가사의란 게 뭐야. 논리적으로 과학적으로 해석이나 이해가 안 된다는 거잖아. 그러니까, 있는 그대로 그냥 받아들이는 게 맞는 거지. 아니, 그때 놓쳐버린 사랑을, 다시 한 번 하는 거지. 자기 마음 속의 모든 선을 넘어버리는 거야."

자기한테 이 말을 하고 싶어서 왔어, 하고 그녀가 말을 맺었다. 전화로 해도 되는데,라는 반응을 보일 순 없었다. 대신, 그러기엔 그 사람은 젊고, 나는 내 나이 마흔 여섯보다 더 보이는 중년이라고 말했다.

"무슨 소리야. 건물 밖에 나가서 지나가는 사람들 붙잡고 한번 물 어볼까? 자기가 몇 살로 보이는지."

몇 살로 보인다고 할 거 같은데? 하는 나의 질문에 그녀는 장난스 럽게 대답했다.

"열여덟 짤."

"어머, 찐 정답!"

우리는 동시에 웃음을 터뜨렸다.

이전의 내가 아니었다.

마음은 이미 선을 넘고 있었다.

곧 환경광고 회의가 기다리고 있어서, 그녀와 오래 얘기할 순 없었다. 빠른 시간 안에 그녀와 나, 그 사람과 귀감까지 넷이서 같이 자리를 만들기로 하고 그녀는 돌아갔다. 그녀는 방을 나가기 전에 나를 돌아보며 말했다.

"이십 년 전에 떠난 사람이 다시 돌아오다니. 이거 완전 미스테리 영화 아냐?"

2

환경 광고 아이디어 회의가 시작됐다.

팀원들은 차례로, 자신이 준비해온 썸네일들을 회의실 모니터에 하나씩 띄워놓고 설명해나갔다. 썸네일마다엔 카피와 중요 비주얼이 담겨 있었다. 지구환경의 구체적인 현실을 소재로 삼는 아이디어도 있긴 했지만, 대개는 색다른 소재에서 시작되는 아이디어였다.

그중에 유독 눈을 붙잡는 아이디어가 있었다. 오리엔테이션 때도 얘기됐던 쌍둥이 지구를 소재로 한 윤 카피의 안이었다. 그는, 민 기획이 넘겨준 자료보다 훨씬 더 깊이 있는 정보를 해외 과학지에서 수집했고, 자신의 썸네일을 열기 전에 그 내용을 요약해서 보여주며 읽어나갔다.

이들 다국적 천문조사팀이 지속적으로 관측 중인 이 행성은, 지금까지 발견된 행성 중 우리의 지구와 가장 유사한 것으로 평가된다. 관측된 스펙트럼을 인공지능이 분석해낸 내용에 따르면, 이 행성은 우리 지구와 크기나 부피가 거의 같고, 대륙과 대양의 형태 같은 지형적 유사성도 상당 부분 근접해 있다. 조사팀은 이 행성이 지구와 쌍둥이처럼 닮았다고 해서 '트윈 어스(Twin Earth)'라 명명하면서……

트윈 어스의 사진이 떴다. 윤 카피는 그 사진을 확대한 또 다른 사진을 열어 보여주면서 요약본을 계속 읽어 내려갔다.

이 분석에 따르면, 특히 트윈 어스의 대기 성분은 우리 지구의 대기 성분과 유사한 것으로 판정됐다. 이런 여러 가지 조건과 정황으로 봐서, 트윈 어스엔 인간과 유사한 생명체의 서식 가능성도 높을 것이라는 추론이 가능해진다.

이런 걸, 동시에 존재하는 두 개의 동일한 우주 즉 '평행우주'라고도 한다며, 그는 자신이 정리해온 요약 정보를 마무리했다.

평행우주에 대해선 나도 알고 있다. 그러나 그 평행세계가 이렇게 구체적으로 확인되고 있는지는 모르고 있었다. 나는 우주로 뻗어가려는 생각을 눌러 앉히며, 이어지는 윤 카피의 썸네일에 정신을 집중했다. 군더더기 없이 써내려간 카피가 먼저 눈에 들어왔다.

쌍둥이 지구,
그곳엔 맑은 공기와 투명한 하늘이 있어요.

순수한 자연과 사람도

함께 어우러져 살고 있을 거예요.

우리의 지구도 그래야 하기에,

사람과 자연이 함께 청정해야 하기에,

환경, 지금 우리가 지켜가야 합니다.

지구를 위해, 나를 위해,

휴머네이처(Humanature)

지구환경 살리기, 지금 당신으로부터.

또 하나의 지구를 바라보고 있는 사람의 모습을 주요 비주얼로 하는 그 썸네일의 설명이 끝났을 때, 민 기획이 외쳤다.

"유레카!"

나도 그렇고, 팀원들 어느 누구도 시비를 거는 사람이 없었다. 선을 넘는 소재이면서도 카피와 비주얼은 침착해보였다.

우리는 그 썸네일과 함께, 지구 환경을 곤충의 시각으로 재미있게 풀어낸 장 아트의 썸네일 하나를 더 선정해, 광고주에게 제시할 두 개의 안으로 결정했다. 콘티는, 이미 촬영을 떠난 정 피디 대신 장 아트가 정리하기로 했고, 광고주에게 안을 설명하는 프레젠테이션은 윤 카피가 맡기로 했다. 쌍둥이 지구에 관해 잘 알지 못하는 사람들을 위해, 광고 안과 함께 그것에 대해 알리는 퍼블리시티 방안도 함께 제시하기로 했다.

기분 좋게 회의를 끝내고 방으로 돌아가는데 휴대폰이 울렸다. 아버지가 지내고 있는 요양원이었다. 나는 창가로 걸어가 옥살리스 꽃을 보며 전화를 받았다.

"아버님이 자꾸 찾으세요. 얘기할 게 있대요."

뻔한 상황이겠지만, 오래 가보지 않은 건 사실이었다.

내일 아침에 가겠다고 말하고, 나는 전화를 끊었다.

3

요양원 1인실에 들어섰을 때, 아버지는 곤히 잠들어 있었다. 나는 침상 옆 의자에 앉아 아버지 얼굴을 가만히 들여다봤다. 의외로 편안해보였다. 아버지가 알츠하이머병으로 요양원에서 지낸 지 팔 년. 처음의 경미했던 치매 증상은 심해졌고, 근육과 관절이 굳어가면서 이런저런 합병증도 나타났다.

깨워서 할 얘기가 뭔지 물어보고 싶었지만, 좀 기다려보기로 했다. 요양원에 혼자 누워 있는 모습을 보면 안 됐다는 생각도 순간순간 들지만, 그렇다고 과거에도 지금에도 아버지를 집으로 모실 순 없었다. 그런 마음을 가져본 적도 물론 없었다.

어릴 때부터, 집안엔 새 엄마가 계속 바뀌어 나타났다. 할머니가 나를 전적으로 키웠으니, 새엄마라기 보단 아버지의 '새 여자'가 적확한 표현이다. 그녀들은 대개 나에게서 '엄마' 소리를 듣길 원했지만, 나는 한 번도 그들을 '엄마'라고 부르지 않았다. 할머니가 나를 철벽 방어한 것도 있었지만, 나는 그들이 원초적으로 싫었다. 그로

인해 아버지가 싫은 건, 그들 모두의 숫자에 백만을 곱한 정도였다.

내가 중학교에 입학하던 봄날, 할머니는 세상을 떠났다. 임종 전에, 할머니는 내 손을 잡고 말했다.

아빠가, 너무 외로워서 그러는 거다. 네 엄마를 정말 좋아했는데, 그렇게 덧없이 죽고 나니까, 버텨낼 힘이 없어진 거야. 그래서 여자를 계속 바꿔치기 하는 거고. 그런데 그 모든 여자들보다 백만 배, 아빠가 사랑하는 사람은 해상이 너야. 왜냐하면, 넌 네 엄마를 빼닮았거든. 아직은 이 할미가 무슨 말을 하는지 잘 모르겠지만, 너도 언젠가 사랑할 나이가 되면 내 말이 이해될 거다. 아빠를 이해해줘라.

그러나 그 후로도 '새엄마'는 바뀌어나갔고, 아버지는 단 한 번도 내게 사랑한다는 표현을 하지 않았다. 나 역시 그런 아버지를 받아들이지 못했다. 오히려, 나를 사랑한다면서도 그렇게 내가 싫어하는 일을 계속해가는 아버지가 미웠다. 더군다나 제후와의 문제가 정원의 사망으로까지 번져가면서, 아버지와는 영영 벽을 쌓고 살 수밖에 없었다.

"당신 왔어?"

십 분가량이 지났을까. 눈을 뜬 아버지는 물끄러미 나를 보더니 반갑게 말했다. 삼 년 전부터, 아버지는 자주 나를 아내로 본다. 처음엔 설명하고 고쳐주려 했지만, 이젠 그러려니 하고 담담하게 넘긴다.

할 얘기 있다면서요? 하고 내가 물어보자, 아버지는 내가? 하고 되물어보다가 꿈 얘기를 꺼냈다.

"간밤에 그 할망구가 나타나더만."

자신의 어머니를, 아버지는 어느 날부터 그렇게 불렀다.

"그 할망구가 나한테 가자, 가자, 그러는데, 내가 썩 꺼지라고 했지."

그렇게 말하고선 허공을 보고 있는 아버지를 보며, 나는 아무 얘기도 하지 않았다.

아버지의 '새 여자' 편력은 알츠하이머병 판정과 함께 종말을 고했다. 나는 잘못 산 아버지 인생에 대한 벌이라고 단정 지었고, 남편 제후는 그렇게 말하는 내게 '독한 딸'이라고 했다.

"우리 딸은 왜 안 왔어?"

"바쁜가 봐요."

"쥐방울만 한 게 바쁠 게 뭐가 있다고."

대꾸하기 싫었다. 다시 침묵이 왔다.

"뭐 필요한 거 없어요?"

그 불편한 침묵을 참지 못하고 내가 말했다.

"필요한 건 없고, 나 그냥 집에 가면 안 될까?"

"집에 가면 넘어져서 다치고, 그러면 또 여기 와야 하고. 그래서 안 돼요."

"나 여기다 내팽개쳐 놓고, 설마 딴 놈한테 한눈팔고 다니는 건 아니지? 그러기만 해봐, 내가 그놈 사지를 절단내놓을 테니까."

몇 번 들은 말인데도, 이 대목에선 늘 참을 수가 없게 된다.

"엄마가 아버지 같은 줄 알아요?"

내가 쏘아붙이자, 아버지는 벙 찐 얼굴로 나를 봤다. 갈게요, 하며 나는 일어서서 목례를 하고 돌아섰다.

"사랑해."

아버지의 속삭임이 뒤에서 들려왔다.

그렇게 그 많은 여자들을 꼬셨어?라는 말이 목구멍까지 치밀어 올랐지만, 나는 뒤도 옆도 돌아보지 않고 방을 빠져나왔다.

사랑해,라는 그 말이 혹시 딸한테 하는 얘기였을까?

요양원 현관에서 그런 생각이 잠깐 스쳐지나갔지만, 나는 심호흡을 크게 한번 하고 주차장으로 걸어갔다.

아닐 거야. 이젠 딸도 몰라보는데 무슨.

혼잣말을 하며, 나는 시동을 걸고 회사로 향했다.

4

요양원을 다녀와선지 많이 피곤했다. 그럼에도 잠은 오지 않았다. 원래도 잠이 많은 편은 아니지만, 그가 나타나고부터는 침대에 누워도 한두 시간을 뒤척이다가 잠들곤 했다. 특히, 신경이 비늘처럼 곤두서 있을 때는 백약이 무효라는 걸 알기에, 견뎌낼 수밖에 없었다.

그때, 문자 메시지 도착을 알리는 진동이 울렸다. 나는 몸을 일으켜 침대 머리맡에 기대앉은 채 문자를 열었다.

안녕하세요.

'도기호'의 문자였다. 나는 내 휴대폰 속 그의 이름을 그렇게 입력해뒀다. '홍길동'의 받침을 다 빼고 앞뒤를 뒤집은 이름이었다. 혹시라도, 가족 중의 누군가가 내 휴대폰에서 그의 전화나 문자 메시지를 접했을 때를 대비한 거였다. 물론 '안녕하세요'의 첫 문자 메시지도 우리끼리의 약속이었다.

내 방이에요. 웬 일이에요?

미안해요. 잠이 안 와서요.

그러게. 커피를 너무 많이 마신다 싶었어요.

자꾸 졸린다며, 그는 낮에 커피를 연거푸 마셔댔다. 말렸지만 소용
이 없었다.

당신 말 들을 걸.

혹시 기면증 있어요?

그게 뭔데요?

자도 자도 자꾸 졸리는 증상.

그건 잘 모르겠어요.

병원에 가봐야 되나 싶었지만 물어보지는 않았다. '도기호' 씨가
바로 처방을 내놨다.

내일부턴 운동을 좀 해볼까 봐요.

동네 두세 바퀴 뛰기부터.

좋은 생각이에요.

당신은 잘 자요?

그럭저럭요.

그렇군요.

잠이 안 올 땐 뭐 해요?

그는 잠깐 뜸을 들였다가 문자를 보내왔다.

당신 생각.

나도 잠들기 전에 당신 생각 많이 해요,라고 쓰고 싶었지만, 그러지 못했다. 당신 생각. 그의 한 마디에 갑자기 내 가슴에 일렁이는 잔파도가 그에게 전달될 것만 같았다. 뭐라고 얘기해야 할지 몰라 잠자코 있는 사이, 다시 그의 문자가 왔다.

통화 하면 안 될까요? 짧게라도. 물어볼 게 있어요.
작은 소리로 대답만 해줘요.

나는 곧바로 '도기호' 씨에게 전화를 걸었다. 얼른 그의 목소리를 듣고 싶었다. 그는 바로 전화를 받았고, 가라앉아서 더 부드러운 목소리로 말했다.

"그 사람이 당신을 많이 사랑했어요?"

"네."

"당신도 그 사람을 많이 사랑했어요?"

"네."

"얼마만큼요?"

"세상의 모든 바다만큼."

"그렇군요."

"그건 왜 물어봐요?"

"아까, 가슴의 꽃 문신을 보면서, 그런 생각이 들었어요. 정원이라는 그 사람과 나는 어떤 관계일까? 꽃도 당신도 낯이 익는데, 그 사람과 나와 당신은 어떤 관계일까?"

"당신이 왜 잠을 못 드는지 알 거 같아요."

"그래요?"

"당신이 누군지 기억해내려고 당신의 머릿속을 혹사시키고 있어서 그런 거 같은데요? 그 연장선상에서 나를 생각하고, 그 사람을 생각하고……."

"그럴지도 모르겠네요."

"자신을 너무 혹사하지 말아요. 그렇게 밤엔 잠을 못 자고 낮엔 졸리고, 그러는 거 건강에 안 좋잖아요."

"예, 생각은 낮에 하는 걸로."

"인제 자요."

"당신도 잘 자요."

전화를 끊었다. 멍하고 졸린데, 잠은 여전히 도망가려 했다.

내일을 위해서 일단은 자둬야 돼.

나는 침대에 누워 불을 끄고 '정원'을 계속 헤아리면서 잠을 청했다.

한 정원, 두 정원, 세 정원, 네 정원, 다섯 정원, 여섯 정원, 일곱 정원, 여덟 정원, 아홉 정원, 열 정원, 열한 정원, 열두 정원, 열세 정원, 열네 정원, 열다섯 정원……

수많은 정원을 세다가, 나는 잠으로 빠져들었다.

5

조금 늦게 출근했다. 늦잠이 원인이었다. 덕분에 잠은 좀 잤지만, 정신은 개운하지 않았다. 탁자에 앉아 차를 마시면서 정신을 가다듬고 있는데, 장 아트가 노트북을 들고 나타났다. 그 뒤를 귀감이 따라 들어왔다.

그들은 탁자 주위에 자리를 잡았다.

"유부가 결정해줄 게 있어요."

장 아트는 말하면서, 탁자에 노트북을 열어놓고, 환경 광고 콘티에 앉힐 두 개의 메인 비주얼을 보여주었다. 귀감도 옆에서 지켜보고 있었다.

첫 번째는, 도심을 배경으로 하늘의 또 다른 지구를 올려다보고 있는 한 남자의 뒷모습이었고, 두 번째는 바닷가 벤치에 앉아서 또 다른 지구를 바라보는 남자의 뒷모습이었다. 당초 썸네일 상의 비주얼은 첫 번째였으나, 장 아트가 두 번째 비주얼을 새로 구상한 듯 보였다. 하늘에 떠있는 쌍둥이 지구의 합성은 둘 다 나무랄 데 없이 잘 되어 있었다.

"두 번째 건, 유부 액자사진 그대론데?"

귀감이 나를 보며 얘기했다. 그의 말대로, 후자는 구도나 상황이 내 책상 위의 액자사진과 흡사했다.

"허락 없이 무단 참조해서 죄송해요. 도심 풍경 컷을 만들고 나서, 유부 액자사진이 생각나서 만들어봤거든요."

장 아트는 둘 중 어느 게 더 좋은지 말해달라고 했다.

나는 두 번째 비주얼이 더 좋다고 답했다. 낯익은 풍경이어서가 아니라, 도심보다는 바다풍경이 자연을 말하는 광고 내용과 더 어울려 보였다. 귀감도 고개를 끄덕이며 내 말에 동조했다.

하늘이 배경인 남자의 정면 컷들은 이미 콘티에 앉혀져 있다면서, 그녀는 바로 바닷가 비주얼로 콘티를 완성해서 보여주겠다고 했다. 광고주에게 콘티를 제시하는 날이 내일이어서, 콘티 작업을 서둘러야겠다 싶었다.

노트북을 챙겨 나가려는 장 아트를, 귀감이 불러 세웠다.

"장 아트, 내일은 유부 빼고 자기들끼리 가서 프레젠테이션 하면 안 될까?"

왜? 하고 그녀보다 내가 먼저 물었다.

"유부가 요즘 많이 힘들어 하네?"

그는 여전히 장 아트를 보며 대답했다. 나 안 힘든데?라고 말하려는데, 귀감이 계속 얘기했다.

"내가 장 아트한테 팀장 명함 만들어주라고 바로 얘기해놓을게. 그거 들고 가서 장 아트가 팀장이라고 말해."

"그거, 명함 위조에다 팀장 사칭인데요?"

그녀가 웃으며 말했다.

"장 아트는 팀장 하고도 남을 능력을 가진 사람이니까 그래도 돼, 명함이 조금 먼저 나갈 뿐이야."

귀감도 웃으며 그녀의 말을 받았다. 장 아트가 내 얼굴을 바라봤고, 나는 박사의 말대로 하라고 했다. 알았다며, 그녀는 방을 나갔다.

"내가 왜 내일 프레젠테이션에 유부를 못 가게 했게?"

귀감이 내 쪽을 보며 물었다.

"내가 많이 힘들어보여서라며?"

노 노, 하면서 그는 집게손가락을 치켜세우고 좌우로 흔들었다.

"이따 밤에 유부하고 정원 씨하고 술 마시러 갈 거거든. 우리 와이프님도 같이."

그래? 어떻게 된 거야? 하고 나는 물었다.

"실은, 어젯밤에 마리하고 두 정원 씨에 대해 얘길 하다가, 마리가 갑자기 통화를 하고 싶다는 거야, 그 사람하고. 유부한테 허락을 받고 해야 되는 거 아니냐고 그랬지만, 자기가 나중에 양해를 구하겠다면서……."

뭘 허락을 받아? 하면서, 나는 그의 다음 말을 기다렸다.

"두 사람이 한 5분 정도 통화했는데, 마리가 덜컥 오늘 저녁에 한 잔 하자면서 약속을 잡아버렸네. 미안."

"어젯밤에 그 사람하고 잠깐 통화했는데, 그런 얘기 전혀 없던데?"

"원래는, 유부한테 서프라이즈를 하기로 했거든. 근데 내일 프레젠테이션 때문에 말해버렸네?"

"저녁에 한 잔 해도 내일 프레젠테이션 가는 건 문제없는데?"

"오늘 밤에 우리 모두 장렬히 사망할 거거든. 칼바도스에서."

"칼바도스에서?"

〈칼바도스〉는 예전에 정원이 가르쳐준 술집이자 술 이름이었고, 귀감과 때로는 마리까지 같이 몇 번 갔던 곳이다. 이 년 전쯤, 부근에 갔다가 그 집이 생각나서 찾아봤더니, 아직도 그대로 있었다.

"칼바도스에는, 어젯밤에 그 술 주문해뒀어. 스파게티를 한대서, 식사도 거기서 해결하면 되고."

"음, 빈틈없군."

"칼바도스를 가자는데, 설마 안 가겠다고 튕기진 않겠지?"

"가는 건 가는 건데, 내일 프레젠테이션은 참석하면 안 될까?"

내가 웃으며 말하자, 귀감은 무서운 표정을 지으며 받았다.

"안 돼. 사장 직권."

"무셔라."

말은 그렇게 했지만, 벌써 밤이 기다려졌다.

귀감은 자기 차로 마리와 그 사람을 데리러 가고, 나는 내 차로 혼자 〈칼바도스〉에 먼저 도착했다. 손님은 많지 않았다. 좀 애매모호 하지만, 군이 얘기하자면 〈칼바도스〉는 와인 바 같은 레스토랑이다. 칸막이를 쳐서 다른 자리와 분리된 공간도 있고, 룸 같은 공간도 있어서, 다른 사람의 시선을 의식하지 않고 먹고 마실 수 있었다. 그 구조는 예전과 같았고, 나는 오픈 룸에 자리를 잡고 앉았다.

그들이 올 때까지, 먼저 한 잔 하고 싶었다. 귀감이 주문해둔 칼바도스를 시켰다. 술이 나오자마자, 나는 술을 음미하며 한 잔 마셨다.

레마르크가 쓴 소설에 자주 등장하는 술이야.

그 사람이 처음 그 술병을 들어 보이면서 하던 얘기가 생생했다. 그 이전에 한 번 읽은 적이 있었지만, 그 후에 다시 한 번 그 소설 〈개선문〉을 읽었었다. 여주인공 '조앙 마두'가 늘 마시는 술이었다. 그녀만큼 정원도 그 술을 사랑했기에, 이제 곧 내 앞에 나타날 그 사람도 그 술을 사랑해줬으면 싶었다. 칼바도스를 알고 있거나 기억하고 있다면 더 없이 좋겠지만.

내가 두 잔을 비울 때, 세 사람이 함께 들어왔다. 나는 귀감이 주문한 대로, 아무것도 모르는 척 깜짝 놀라는 시늉을 했다. 그 사람도 놀라는 시늉을 했지만, 영 어색했다. 귀감은 그 사람을 내 옆 자리에 앉히고, 맞은편에 '와이프님'과 앉았다. 자리 정리가 끝나자, 그녀는 '서프라이즈'에 대해 양해를 구했고, 나는 괜찮다고 말했다.

"정원, 해상, 포에버(Forever)!"

귀감이 외치고 우리는 건배했다.

좋은데요? 그러면서도, 그 사람은 칼바도스를 처음 마셔본다고 했다. 내 바람은 바람일 뿐이었다.

"이렇게 넷이 건배하고 있으니, 지난 이십 년이 싹둑 잘려나가고 그 이전 시간이 지금하고 바로 이어진 것 같은데?"

마리가 첫 잔을 비우며 말했다.

"오호, 시간이 잘려 나갔다는 표현, 멋진데?"

귀감이 그녀의 잔을 채워주면서 얘기했다.

"이거 왜 이래? 나 왕년에 문학소녀였어."

가벼운 농담을 주고받는 사이, 스파게티가 나왔다. 우리는 그것을 먹는 둥 마는 둥 하면서 각자의 잔을 연거푸 비웠다. 술은 변함없이 맛있고, 내 옆엔 정원과 똑같은 정원이 있었다. 낮에 귀감이 말한 사망 운운이 아니더라도, 완전히 술과 그 사람, 그리고 앞에 앉은 두 사람에게 취하고 싶었다.

"이제부터 말이야, 내가 다시 멋진 표현으로 얘길 할 거니까, 두 사람은 내 말에 귀를 기울여줬으면 좋겠어요."

그렇게 말하고 나서, 마리는 나와 그 사람의 얼굴을 번갈아 보며 얘기했다.

"내가 처음 본 해상 씨는 잘 웃고 씩씩한 사람이었어요. 그런데 차정원이란 사람이 떠나고부터, 그런 자기의 모습은 바람과 함께 사라져버렸어. 우리가 살아가는 시간을 천국과 지옥에 비유한다면, 자기는 내내 지옥에서 살아온 거지. 그러고 보면, 이 여자, 참 불쌍한 사람이야. 좀 즐기면서 살라고 해도, 그런 게 기본적으로 안 되는 것처럼 지내왔거든요. 아무 맛도, 아무 재미도 없는 인생을 꾸역꾸역 완주한다는 거, 평범한 인간이 감당하기엔 너무 고역이 아닐까 생각해요, 나는."

에이, 그렇게 말하니까 괜히 슬퍼지려고 하네? 하면서, 나도 이아크는 거 보면 행복하고, 쇼핑하면 즐겁고, 좋은 아이디어가 나오면 보람 있고, 그렇다고 나는 반론을 제기했다. 과장법은 자제해주시면 고맙겠다는 말과 함께.

그러나 그녀는 나를 보지도 않은 채 계속 얘기를 이었다.

"그렇게 살아온 이 사람 앞에, 정원 씨랑 똑같은 또 한 명의 정원 씨가 나타났어요. 물론, 우연이라고 생각할 수도 있지. 하지만 난, 또 한 명의 정원이 자기한테 온 건 필연이라고 생각해. 지금은 알 수 없는 어떤 인과의 연이 있는 거야. 사람들은 뜻밖에 벌어지는 어떤 일에 대해 우연이라고 말하지. 하지만 우연이란 건 결코 우연이 아닌 거야. 그 우연이라는 순간이 있기까지, 수많은 일들이 쌓이고 쌓여서, 어느 날 갑자기 전혀 생각지도 못한 일이 생겨나는 거지. 사람들은 그것을 우연이라고 말하지만, 세상의 그 모든 우연이 사실은 죄다 필연인 거죠. 정원 씨가 유부 앞에 이렇게 나타난 건, 바로 그런 필연이라는 거구요."

거기까지 얘기한 다음, 그녀는 자기 잔을 비우고 나서 다시 목소리를 가다듬었다. 그 사이, 귀감이 말했다.

"당신, 너무 진지한 거 아냐?"

그는 술잔마다 술을 따르고 나서 건배를 청했다. 우리가 한 모금씩 마시고 잔을 내려놓기 바쁘게, 그녀는 다시 얘기를 이었다. 그 사람의 표정도 그녀만큼 진지해보였다.

"아 막말로 죽은 사람이 다시 살아서 돌아온 거야. 옆에서 보고 있는 내가 이렇게 신기하고 좋은데, 이 여자는 어떻겠어요? 내가 해상 씨한테 그랬거든요. 다시 나타난 이 사람이 예전 정원 씨하고 같은 사람인지 다른 사람인지 따지지 말고, 그냥 있는 그대로 받아들여라. 다시 옛날로 돌아가서 그때 다 하지 못한 사랑을 다시 한 번 시작해라."

그 사람이 시선을 내 쪽으로 돌리고 있다는 게 느껴졌다. 그러나 나는 계속 정면을 바라봤다. 그녀가 나와 그 사람을 바라보며 말을 이었다.

"나는, 결심했어요. 두 사람이 사랑하도록 마구, 함부로, 부추기겠다고 마음먹었어요. 이건 내가 자기한테 무언가를 해줄 수 있는 절호의 찬스인 거 같거든. 나중에 혹시라도 문제가 생기면, 나하고 우리 허즈번이 전부 뒤집어 써줄게."

당신도 그럴 거지? 하고 그녀가 묻자, 귀감이 웃으며 고개를 크게 끄덕여보였다. 오케이, 하면서 그녀는 계속 말했다.

"내로남불이라고 욕해도, 모든 매는 우리가 다 맞을 거야. 이건,

두 사람을 위한 것이기도 하지만, 나와 우리 허즈번을 위한 것이기도 해. 왜냐하면, 지금 이렇게 하지 않으면 나도 저 사람도 영원히 후회할 거 같거든."

나는 고개를 돌려 그 사람을 살폈지만, 그의 옆얼굴에선 아무 표정도 읽을 수 없었다. 나는 다시 앞을 보며 건배를 청했다. 우리는 다시 잔을 비웠고, 이번엔 그 사람이 모두의 잔을 채웠다.

"지금부턴 진지 모드를 끄고 농담 모드로 가겠습니다. 자, 가슴의 무게는 몇 근?"

나의 분위기 전환용 멘트에, 귀감이 아는 문제라고 했지만 답을 맞히진 못했다. 그 사람은 웃고만 있었다.

"두근두근, 합쳐서 네 근."

예전에 정원이 하던 개그였다. 어우 썰렁해, 그거 아재 개그잖아? 하고, 마리가 말했다. 그 사람은 여전히 웃고 있었다.

귀감은 대리운전을 불러, 취한 '와이프님'을 모시고 먼저 〈칼바도스〉를 나섰다.

그 사람과 술을 조금 더 마신 후에, 나도 대리운전을 불렀다.

먼저, 그의 오피스텔로 향했다. 괜찮아요? 하고 물으면서, 그는 내 손을 잡았다. 오피스텔 앞에서 그가 내릴 때까지, 우리는 놓치면 큰일이라도 날 것처럼, 서로의 손을 쥐고 있었다.

"잘 자요."

차에서 내려 인사하는 그를 보는 순간, 알 수 없는 슬픔이 코끝을 스쳤다.

그녀의 말에, 저 사람은 왜 아무 반응도 하지 않았을까. 그 후로도 그저 웃기만 했을까. 그리고 차 안에서의 그 손잡음은 어떤 의미일까.

나조차도 그녀의 얘기는 아직 너무 빠르다는 생각이 없지 않았다. 내겐 절실한 얘기여도, 그에겐 부담스러울 수 있었다. 그 사람에게 나는 아직 '낯익은' 사람일 뿐이니까.

그럼에도, 멀어지는 그의 모습을 뒤돌아보면서 슬픈 생각이 스며들었다.

하다못해, 따스한 말 한마디쯤은 해줄 수 있었을 텐데. 정원 씨라면 그러고도 남았을 텐데.

나도 모르게 한숨이 새어나왔다. 그러나 그의 마음을 내가 어떻게 할 순 없었다. 당장 오늘밤 그의 기억이 되살아나고, 그래서 떠나겠다고 해도, 그의 마음을 되돌릴 수 있는 건 아무것도 없었다. 그저, 그의 얼굴을 다시 볼 수 있었음에, 그의 목소리를 들을 수 있었음에, 그의 손을 잡을 수 있었음에 만족해야 했다.

자꾸 오락가락하는 마음을 추스르며, 나는 나 자신에게 말했다.

섣불리 예단하면서 슬퍼할 필요는 없어.

아직 제대로 시작도 안 했는데.

6

아침부터 해수 언니가 몸살로 일어나지 못하고 있었다. 전시회 작품 때문에 많이 무리한 것 같았다. 간밤의 과음으로 나 역시 힘들었지만, 나는 이아의 등교를 챙긴 다음, 언니를 동네병원으로 데려갔다. 언니는 링거주사를 맞았고, 나는 그 곁에 머물렀다.

그 사이, 프레젠테이션 하러 출발한다는 장 아트와 윤 카피의 문자가 왔다. 나는 잘 하고 오라고 답했다. 그 사람에게는 나중에 연락하겠다고 문자했다. 그는 답이 없었다. 아직 자고 있나보다 싶었다.

병원에서 나오면서 마트에 들러, 해수 언니가 좋아하는 불고기거리를 샀다. 한숨 푹 잔 다음에 꼭 구워 먹을 것을 언니에게 약속 받고, 나는 출근을 서둘렀다. 남편은 이미 출근하고 없었다.

'쌍둥이 지구' 안으로 바로 결정됐어요.

집에서 출발할 때, 장 아트가 문자를 보내왔다.

유부, 축하합니다. 장 아트한테 문자 받았어요.

잠시 후엔, 촬영을 떠난 정 피디로부터도 문자를 받았다. 나는 촬영은 어떠냐고 물었고, 그는 나이스하다,라고 답을 보내왔다.

내가 회사에 도착했을 땐, 프레젠테이션 하러 갔던 멤버들을 포함해 전 팀원들이 회의실에 모여 있었다. 나는 모두에게 수고했다고 말했다. 회식은 언제 하냐는 질문에, 예정된 쫑파티에 회식을 겸하자고 나는 대답했다. 그날 소개팅이 있다고 윤 카피가 말하자, 2차는 무조건 윤 카피의 소개팅 장소로 가자고 모두들 입을 모았다. 윤 카피는 바로 항복하는 시늉을 해보이며 쫑파티 겸 회식에 기필코 참석하겠다고 의지를 다졌다.

정 피디가 촬영을 끝내고 돌아올 때까지, 환경 광고의 촬영에 필요한 업무는 장 아트가 진행하기로 했다. 전에도 그랬던 적이 두세 번 있어서 문제될 건 없었고, 우선 감독 선정이 급했다. 나는 회사에 등록된 감독들 중에, 메시지에 충실하면서도 감각적인 비주얼을 잘 만들어내는 감독을 선정했다. 그는 지난해에 공익광고로 국내는 물론 해외의 각종 상을 휩쓴 젊은 감독이다.

장 아트가 액자사진 속 장소가 촬영지로 좋겠다면서 어딘지를 물었다. 나는 바다정원의 정확한 위치를 말해줬다.

회의가 끝나고 내 방으로 돌아왔을 때, 귀감이 탁자 의자에 비스듬히 기대앉아 있었다.

"자기 방 놔두고 왜 여기서 이러고 있는 거야?"

"유부 회의 끝나길 기다리고 있었지."

왜? 하고 내가 묻자, 그는 자세를 바로 하면서 대답했다.

"와이프님께서 지금 여기로 오고 있거든. 유부랑 정원 씨랑 같이 해장 하러 가자고."

"그래? 뭐 먹을 건데?"

"미역국."

회사 부근에 가자미 미역국을 잘 하는 곳이 있었다.

나는 곧바로 그 사람에게 전화했지만, 그는 여전히 전화를 받지 않았다. 그가 걱정되기도 했지만, 그에겐 해장보다 잠이 더 필요하겠다 싶어서 더 이상 전화하지 않았다.

셋이서 미역국을 먹었다.

뒤늦은 해장이었지만, 미역국은 〈칼바도스〉에서 얻은 숙취를 말끔하게 해결해줬다. 식사가 끝나갈 때쯤, 장 아트에게서 전화가 왔다.

"모델은 어떡할까요? 유부."

나는 신인 급에서 이미지가 깨끗한 인물을 모델 에이전시에 의뢰하라고 얘기했다. 통화가 끝나자마자, 마리가 관심을 보였다.

"무슨 광고인데 그래?"

환경 광고,라고 내가 말했고, 쌍둥이 지구가 등장한다고 귀감이 덧붙였다.

"쌍둥이 지구?"

"우리 지구랑 똑 같은 또 하나의 지구가 하늘에 떠 있고, 그걸 바라보는 남자가 등장해요."

그녀의 말에 내가 답하자, 마리는 잠시 생각하다가 해장 커피도 한잔 하자고 말했다. 콜, 하고 귀감과 내가 거의 동시에 그녀의 말을 받았다.

"혹시, 예전에 강 사장이 정원 씨 얼굴을 봤어?"

카페에 마주 앉아 커피를 마시면서, 그녀가 먼저 얘기를 꺼냈다. 나는 고개를 저었고, 그녀는 고개를 끄덕였다. 내가 기억하는 한, 그들은 한 번도 서로의 얼굴을 본 적이 없었다.

"혹시 봤다고 해도 지금까지 그 얼굴을 기억할 리가 있겠어?"

귀감이 말하자, 그녀는 진지한 얼굴로 얘기했다.

"그럼 말이야, 그 환경 광고 모델로 지금 정원 씨를 추천하면 어떨까 싶어."

네? 하고 내가 반문하자, 귀감이 끼어들었다.

"그거 괜찮은데? 깨끗한 자연을 얘기하는 콘티 내용처럼, 정원 씨 마스크가 워낙 맑고 순수하잖아."

우리 와이프님, 굿 아이디어! 하면서, 귀감은 그녀에게 양손 엄지를 세워 보였다.

"아무리 그래도 그 사람을 어떻게 모델로 내세워요? 안 돼."

"안 되긴. 자기야, 생각의 틀을 조금만, 살짝만 틀어봐. 살인과 도둑질 말고, 세상에 해서 안 되는 건 없어."

두 사람의 말이 맞을지도 모른다. 그러나 그를 모델로 내세우는 일은 여러 가지 상황을 고려해야 한다. 그를 팀원들과 다른 사람들에게 얘기하는 것 자체부터 쉬운 일이 아니었다. 또 영상이 온에어 되고 누군가 그를 알아본다면, 이 사람의 정체가 알려질 것이다. 그렇게 되면, 그 사람은 원래 있던 곳으로 되돌아갈 것이고, 불가사의로 만난 '정원'과도 다시 이별하게 될 것이다.

한편으로 그를 모델로 내세우면, 그와 공개적으로 같이 있을 수 있었다. 하지만, 그와 나의 관계가 들키지 않는다는 보장 또한 없었다.

나는 내 생각을 말했지만, 두 사람은 계속 그를 모델로 추천하자고 했다.

"그 사람이 돌아가게 될 상황이 된다면, 그건 내가 확실히 막아줄게. 걱정 마, 자기."

그녀의 말에 귀감은 한 수 더 떴다.

"들킬까봐 문제라고? 안 들키면 되지. 유부가 그럴 만큼 빈틈 있는 사람이 아니란 거, 우리가 너무 잘 알고 있는데 왜 이래? 망설이지 말고, 모델 후보 리스트가 오기 전에 선수를 치는 거야."

그런데 더 중요한 건, 그 사람 본인의 의사였다. 그가 광고 출연을 힘들어 하거나 거부하면, 우리가 아무리 선의로 부탁한다 해도 다 의미 없는 일이 되는 거였다. 그 사람의 생각을 확인해봐야 하는 거 아니냐고, 나는 두 사람에게 말했다.

"그건, 이 사람한테 맡겨. 우리 허즈번이 정원 씨한테 직접 전화해서 설득하면 되는 거지. 이 분이 이래봬도 누구 설득하는 거 하나는 끝내주시거든. 나도 이 사람한테 설득 당해서 결혼한 거잖아, 그지?"

으응, 하고 귀감이 웃으며 그녀의 말을 받았다. 두 사람의 짝짜꿍이 가히 국보급이었다. 귀감은 자신이 길거리 캐스팅했다고 둘러대겠다며, 내일 아침에 자신이 그 사람을 직접 회사로 데려오겠다고 졸랐다.

생각지도 않은 방향으로 일이 흘러가고 있었다. 그러나 '정원'이 다시 나타난 것부터가 상상을 뛰어넘는 일이었기에, 나는 두 사람의 말에 따르기로 했다. 그러나 사실은, 사무실 내 방에 그 사람과 둘이 앉아 있을 내일의 그림이 나를 그들의 주장 쪽으로 밀어붙이고 있었다.

나는 두 사람을 남겨둔 채, 먼저 카페를 나왔다.

회사로 들어올 때, 그 사람에게서 전화가 왔다. 그는 이제 일어났다고 말했다.

"뭘 좀 먹어야죠?"

"당신은요?"

"난 방금 박사 부부랑 미역국 먹었어요. 당신한테 전화했는데 안 받아서……"

"나 미역국 좋아하는데."

"어쩌죠?"

"나가서 나도 미역국 사먹으면 되죠."

나는 내일 점심 때 미역국을 끓여주겠다고 했고, 그는 고맙다고
했다.

"아마, 박사가 전화할 거예요."

"왜요?"

"얘기 들어봐요."

알았다고 말하며 그는 전화를 끊었다.

벌써 내일 아침이 기다려졌다.

7

또로롱 또로롱.

출근길 차 안에서 휴대폰이 울었다.

"정원 씨하고 같이 내 방에 있어."

귀감의 전화였다.

"일찍 왔네?"

"유부보다 먼저 도착해 있으려고."

"황송해라."

출근하면 자기 방으로 바로 오라고 귀감은 말했다. 알았어, 하고 전화를 끊으며 나는 새삼스레 백미러로 내 얼굴을 봤다.

"안녕하세요, 유부."

그가 일어서며 내게 인사했다. 회사에선 나를 '유부'로 부르라고 했을 귀감의 코치가 느껴졌다. 나는 귀감의 옆으로 가서 앉았다.

"정원 씨가 우리 모델을 해주기로 했어."

귀감이 말했다. 나는 그 사람의 얼굴을 봤다. 그는 쑥스럽게 웃었다.

"정원 씨는 기억을 잃어버려서, 자신이 누군지 잘 모르는 거야. 어제 퇴근길에 길거리에서 나를 만나 캐스팅된 거고."

그 사람은 귀감과 나를 번갈아보며 고개를 끄덕였다.

귀감은 나를 보며 말했다.

"정 피디가 멀리 촬영가고 없어서 얼마나 다행인지 몰라."

그 사람의 캐스팅에 대해, 원칙주의자인 정 피디를 설득하기가 쉽지 않았을 거라는 얘기인 것 같았다. 나는 그 사람을 보며 웃어보였다.

"말은 하겠다고 했는데, 막상 사무실까지 오고 보니까 내가 무슨 말을 했나 싶어요. 걱정이 막 밀려오네요."

그는 난처한 표정으로 말했다. 그래도 귀감은, 따라오는 이런저런 문제는 자신이 알아서 다 처리해줄 거라며, 자기와 '유부'를 믿고 용기를 가지라고 얘기했다.

장 아트가 팀 회의 준비해놨을 거야, 하면서 귀감이 먼저 일어섰다. 그 사람과 나는 그를 뒤따라 회의실로 향했다.

회의실엔 팀원들이 모여 있었다.

귀감은 환경 광고 모델로 '초초초강력추천' 한다며 그를 소개했다. 길거리 캐스팅이란 얘기도 잊지 않았다. 장 아트는, 그의 순수한 이미지가 광고와 잘 어울리겠다고 했고, 일부 팀원들은 반신반의한 얼굴로 나를 바라봤다. 나는, 한 번도 그런 적 없는 박사가 이렇게 미는데, 소원성취 한번 시켜주자고 얘기했다. 팀원들이 수긍하자, 귀감은 모두에게 그를 잘 부탁한다고 말한 다음, 모델로 다듬는 일은 '유부

몫'인 거 같다고 말했다.

정 피디가 멀리서 촬영 중이라 다행이라는 귀감의 말이 이런 의미였군.

나는 생각하면서 혼자 웃었다.

장 아트는 광고주에게 그를 모델로 추천하되, 광고주가 복수의 모델 후보를 요구할 수도 있으니 일단 모델 리스트는 받아두겠다고 말했다.

귀감과 팀원들이 회의실을 나간 후에, 장 아트가 콘티의 배경이 되는 쌍둥이 지구에 대해 먼저 간단히 얘기한 다음, 콘티를 설명했다.

"쌍둥이 지구를 그냥 바라보고만 있는 건 아닌 거죠?"

그가 장 아트에게 물었다.

"그렇죠. 그 지구에 가보고 싶어 하는? 어쩌면 그 지구를 그리워하는 그런 감정선이겠죠."

"그 지구는 나중에 따로 만들어 넣는 건가요?"

"맞아요. 그러니까 보이지도 않는 지구를 보며 그리워한다는 게 쉬운 감정은 아닐 거 같네요."

감정 잡는 공부가 좀 필요하지 않을까요? 하고 장 아트가 나를 보며 말했다. 나는 그에게 연기지도 선생님을 붙여주자고 대답했다.

회의실을 나와, 나는 그를 데리고 내 방으로 갔다. 그는 옥살리스 토분을 발견하고 그쪽으로 먼저 걸어갔다.

"정원 씨와 내가 꼭 닮은 것처럼, 이 꽃도 그 꽃하고 똑같군요."

그는 돌아서서 나를 보며 말한 다음, 옥살리스 꽃을 손으로 한번 쓰다듬었다. 꽃은 그의 손길에 누웠다가 다시 꼿꼿이 직립했다.

우리는 탁자를 사이에 두고 마주앉았다. 지난밤, 잠자리에 들기 전에 수없이 상상했던 순간이었다. 그러나 달리 할 수 있는 건 아무것도 없었다. 바깥이 신경 쓰였다. 나는, 책상 위의 액자를 가져와 그에게 사진에 대해 얘기해주었다. 그는 고개를 끄덕이며, 액자 속 사진을 유심히 들여다봤다.

아침을 먹지 못했다며, 그가 먼저 나가자고 했다. 아점을 먹을 시간이었다. 그에게 미역국을 끓여주기로 했던 내 말이 생각났다. 하지만 그보다는, 어제 갔던 그 미역국 집으로 가는 게 더 좋겠다 싶었다.

우리가 첫 손님이었다.

"잘 해낼 수 있을까 걱정이 많지만, 그래도 당신하고 이렇게 아침부터 둘이 있을 수 있어서 참 좋네요. 안 그래요?"

그가 웃으며 말했다.

"걱정하지 않도록, 내가 잘 할게요."

나도 웃으며 말했다.

미역국이 나왔다. 그는 열심히 먹는 데 집중했고, 맛있다며 하얗게 웃었다. 순간순간, 함께 밥을 먹었던 예전의 정원과 그가 오버랩 되곤 했다. 나는 그를 보며 생각했다.

다만, 이 순간이 영원하기를.

8

이아의 생일상은 내가 준비하기로 했다. 해수 언니의 컨디션이 완전히 좋아보이진 않아서였다. 그러나 아침에 내가 주방으로 나갔을 땐, 이미 해수 언니가 미역국을 끓이고 있었다. 나는, 언니가 마련해 놓은 잡채 원료를 프라이팬 위에 올렸다.

이아는 잡채를 좋아했다. 특히 자기 생일에는 꼭 해주길 원했다. 사실 잡채는 나도 남편도 좋아해서 우리 집 단골 메뉴가 됐고, 그럴 때마다 해수 언니는 '잡채가족'이라고 농담을 했다. 온가족이 잡채를 좋아하니 당연한 농담이지만, 나는 그 말이 잘못되었다고 생각한다. 잡채는 여러 가지 재료가 들어가 '맛있고 정겨운' 음식이 되지만, 우리 가족은 그 반대니까.

어젯 밤에 내가 사온 생일 케이크과 미역국, 잡채로 식탁을 세팅할 때, 이아가 나타났다. 이미 학교 갈 준비를 끝낸 상태였다. 이아는, 친구들과 저녁을 먹기로 했다며, 가족생일파티는 아침에 하자고 했다. 남편이 더 이상 밖에서 하자는 얘기를 꺼낼 수도 없게 된 거였다. 나는 나대로 저녁에 쫑파티가 예약되어 있어서, 이아의 스케줄이 고마울 따름이었다.

"이아야, 아빠 내려오시라고 해."

해수 언니가 말했다. 이아는 곧바로 2층으로 올라갔다.

남편과 나는 결혼 초반 때부터 각방을 쓰기로 했다. 나의 요구를 그가 받아들여준 거였다. 남편은 가끔 방을 합치자고 했지만, 나는 늘 단숨에 잘라버렸다. 그의 외도 소문이 들렸을 땐, 같이 산다는 게 역겨워서 이혼을 요구했다. 이아 때문에라도 더 그랬다. 그러나 남편 역시 '이아 때문에' 이혼할 수 없다고 했다. 그 후로도 그는 한 방 쓰기를 원했지만, 남편은 2층에, 다른 가족은 1층에,라는 그 규칙은 지금도 계속되고 있다.

남편은 곧바로 캐주얼 차림으로 내려왔고, 우리는 식탁에 둘러앉았다.

해피 버스데이 투 유, 해피 버스데이 투 유…… 다 같이 생일축하 노래를 불렀다. 후, 하고 이아가 촛불을 한 번에 껐다. 케이크을 잘랐지만, 이아는 잡채부터 먹기 시작했다. 남편이 생일선물을 내놓을 타임이었지만, 웬일인지 그는 굳은 표정으로 국만 먹고 있었다. 하는 수 없이, 나는 준비한 책 선물을, 그리고 해수 언니는 예쁜 꽃그림 티셔츠를 선물했다. 고맙습니다, 하고 이아는 공손하게 인사했다.

"처형 갤러리 사용은 취소시켰어요. 그럼 된 거죠?"

느닷없이, 남편은 해수 언니를 보며 말했다.

"신경 써줬는데 미안해요."

언니는 그의 그릇에 국을 더 떠주며 말했다. 천만에요, 하고 남편이 말했고, 준비는 이상 없는 거냐고 내가 물었다.

"아무래도 전시회가 뒤로 좀 밀릴 거 같네. 그쪽 갤러리 일정이 있어서 말이야."

언니가 웃으며 말했다.

"잘 됐네, 덜 무리해도 되고."

자꾸 욕심이 생겨서, 하고 언니가 말할 때, 이아가 먼저 자리에서 일어나려 했다.

"이아, 잠깐 앉아봐라."

남편이 말했다. 우리는 모두, 굳어 있는 그의 얼굴을 봤다.

"이아 너, 엠티 누구랑 갔니?"

그가 물었다. 친구들이랑 놀러간 날, 이아는 그에게 엠티 간다고 전화로 말했고, 남편은 그것에 대해 더 이상 언급하지 않았었다.

"학교 동아리 멤버들이랑."

이아가 나와 해수 언니 얼굴을 보고 나서 대답하자, 남편은 자기 휴대폰을 열어 사진 하나를 이아와 나와 언니에게 차례로 보여주며 말했다.

"이게 동아리 멤버야?"

사진 속의 이아는, 장발의 젊은 남자와 껴안고 있었다. 활짝 웃고 있는 두 사람의 표정이 그렇게 좋아 보일 수가 없었다. 누가 봐도 남자는 학생이 아니었고 연예인적 포스가 작렬했다. 남편은, 지인이 보내온 거라며 사진 속 남자가 누구인지 거듭 캐물었다.

"누구야? 이 놈."

이아는 잠깐 무언가 생각하고는, 남편을 똑바로 바라보며 짧게 말했다.

"내 남자친구야."

언더그라운드 밴드의 보컬이고, 사귄 지 3개월 남짓 됐다고 했다. 우연히 둘의 일정이 겹쳐서 거기서 만났다고 했다. 나는 모든 게 금시초문이었다.

"좋아하냐?"

남편도 이아의 눈을 똑바로 들여다보며 물었다. 이아는 남편의 눈을 피하지 않고 대답했다.

"사랑하고 있을 걸?"

남편은 어이없어 했다. 그리고 호흡을 한번 가다듬은 다음, 단호하게 말했다. 헤어지라고.

"이유는 역시 자격미달?"

"알고 있으면 그런 친구는 사귀지 말아야지."

"안 헤어질 거야."

"일주일 시간을 주겠어. 헤어지고 나한테 말해."

싫어, 한 마디를 남기고, 이아는 백팩을 챙겨들고 현관 쪽으로 걸어갔다. 이아야 잠깐만, 하고 내가 일어섰지만, 이아는 나중에,라며 밖으로 나가버렸다.

둘이 사귀는 거, 당신은 알고 있었어?라며 남편은 나를 봤다.

"지금 그게 중요해? 것보다 그 사진, 누구한테 받은 거야?"

"아는 사람."

"아는 사람 누구?"

"뭘 꼬치꼬치 캐묻고 그래?"

"이아한테 사람 붙였어?"

오버하지 맙시다, 하고 말하고선, 남편은 자리에서 일어나 2층으로 올라가버렸다.

처음 있는 일이 아니었다. 이아가 고등학생 때도, 대학생인 지난해에도, 늘 '자격미달'이 문제였다. 작년 가을에 파토 난 이아의 남자친구는, 소개팅으로 알게 된 다른 대학의 학생이었다. 남편은 그 학생의 집안부터 따지고 들었다. 지극히 평범한 집안의 장남이라는 이아의 말에, 남편은 바로 헤어지라고 했다. 그냥 친구라는데, 당장 결혼하겠다는 것도 아닌데 왜 그러냐는 내 말에, 그는 문제의 소지가 있는 건 싹을 잘라야 한다고 했다. 이아는 나와 해수 언니한테 울고불고하며 아빠를 원망했지만, 일주일 만에 헤어지고 항복했다.

내가 해줄 수 있는 건 아무것도 없었다.

이번에도 그럴 것 같았다.

9

모델은 그 사람으로 결정됐다.

귀감은 그의 이름을 '온정원'으로 하자고 했지만, 그의 이름은 내 주장대로 이미 '도기호'로 정해져 있었다. 얼굴은 몰라도, '정원'이라는 이름은 남편이 기억할지도 모를 일이었다.

장 아트가 촬영 스케줄을 들고 내 방 문을 두드린 건, 늦은 오후였다. 그녀는 감독과 조율한 스케줄 전반을 내게 얘기해주면서, 내가 참석해야 할 미팅 시간을 따로 체크해주었다.

"오늘 쫑파티, 저희 먼저 갈까요?"

장 아트가 방을 나서면서 미소 띤 얼굴로 물었다. 전에도 팀원들이 먼저 가고 나는 나중에 얼굴만 비쳤다는 걸, 그녀는 기억하고 있었다. 그래 주면 고맙지, 하고 나도 웃으며 대답했다.

저녁엔, 그 사람이 자주 가는 오피스텔 부근의 상가 식당에서 같이 저녁을 먹었다. 가정식 전문점의 음식은 여전히 골고루 맛있었고, 식사 후 오피스텔에서 그와 마신 국화차도 향긋했다. 아무래도 술을 조금은 마실 것 같아서, 나는 오피스텔 주차장에 차를 그대로 둔 채 택시를 타고 쫑파티 장소로 향했다. 파티 후에는 바로 집으로 갈 셈이었다.

그곳은 지순희가 운영한다는 레스토랑이었다. 문은 잠겨 있었고, 파티는 레스토랑 안쪽의, 별실 같은 넓은 룸에서 벌어지고 있었다. 그녀의 매니저가 안내해주는 대로 그 방에 갔을 때, 지순희는 많이 취해 있었다. 왜 이렇게 마셨냐고, 지나가는 말로 한 마디 하자, 내 앞에 마주앉은 그녀가 우는 시늉을 하면서 대답했다.

"부사장님을 기다리다가 이렇게 됐어요. 존경해 마지않는 우리 부사장님."

그러면서 지순희는 내 잔에 술을 따랐다. 그녀의 말 속에 살짝 뼈가 느껴졌지만, 나는 그냥 넘겼다. 건배를 하고 전원 원 샷을 했다. 그녀가 자기 잔을 내밀며 한 잔 달라고 했다. 나는 그 잔에 술을 따라 줬다.

그렇게 두어 번의 건배가 이어진 후에, 그녀가 내 앞쪽으로 상체를 내밀며 말했다.

"부사장님한테 드릴 말씀이 있어요. 지금 잠깐 다른 방으로 가실래요?"

술병과 잔 두 개를 든 채 먼저 나서는 그녀를, 나는 따라나섰다. 방을 나오자, 그녀의 매니저가 우리를 따라왔다. 그녀가 실수할까봐 염려하는 것 같았다. 그러나 그녀는 그를 저지했고, 우리는 다른 룸으로 들어가 단둘이 마주 앉았다.

그녀가 내 잔과 자신의 잔에 술을 차례로 따른 다음, 나를 똑바로 보면서 말했다.

"부사장님, 왜 이혼 안 해요?"

무슨 소린가 싶었다.

"저요, 부사장님 남편, 강제후 사장님을 사랑하거든요. 근데요, 부사장님은 사장님 별로 사랑하지 않는다면서요? 그런데 왜 이혼 안 해줘요? 부사장님, 아니 사모님, 이혼하시고 나 줘요, 좋아하지도 않는 남편. 네? 사모님."

황당하고 웃겼다. 하지만 지순희와 남편이 어떤 사이인지, 그리고 왜 그녀가 이런 자리를 만들었는지는 한 번에 알 수 있는 얘기였다.

"나, 니네 사랑에 관심 없어. 둘이 그런 사이란 거, 알지도 못 했어. 내가 이혼 안 해준다는 거, 사장님께옵서 거짓말 한 거야."

"그렇게 돌려서 얘기하지 말구요……"

나는 술잔을 들어 그녀의 얼굴에 던지듯 부었다. 지순희의 얼굴에, 드레스에, 술이 뚝뚝 떨어지고 있었다.

"내 남편이 그렇게 탐나? 그럼 가져, 줄게."

나는 그녀의 얼굴을 똑바로 보며 말했다.

곧바로 매니저가 나타나 그녀를 데리고 나가려고 했다. 그를 뿌리치고 다시 내 앞에 앉으면서, 그녀는 갑자기 무릎을 꿇고 공손한 자세로 읍소했다.

"저하고 사장님하고 둘이 사랑한 지가 벌써 4년이 됐어요. 그동안, 사모님이 사장님한테 사랑을 눈곱만큼도 안 준다는 얘기, 귀에 못이 박히게 들었거든요. 사장님한테서요. 그래서 두 사람이 이혼하면, 사장님은 내 꺼다, 그러고 있었어요. 그런데 이렇게 마냥 기다릴 순 없잖아요. 어떡하죠? 사모님. 애정 없는 결혼생활, 계속할 필요 없잖아요? 이혼해주세요. 이혼, 이혼, 이혼 말이에요. 사모님. 네?"

더 이상 앉아서 말도 안 되는 그녀의 얘길 듣고 있을 수가 없었다. 나는 바로 그 룸을 빠져나왔다. 그녀의 매니저가 따라 나와 택시를 잡아줬다.

먼저 갈게. 재미있게 놀아.

장 아트에게 문자를 보내고 차창 밖으로 시선을 돌리자, 미칠 것 같은 회한이 피어올랐다.

이런 꼴을 당하려고, 그 긴 시간을 쇼윈도 부부로 살아왔던가 싶었다. 이런 거지같은 인간에게 당하려고 그 세월을 버텨왔나 싶었다. 내가 남편을 거부한다는 이유로, 그의 외도를 적당히 용인하고 냉정히 갈라서지 않은 건, 내 인생에 대한 직무태만이란 생각이 들었다.

연애는 지옥처럼, 결혼은 천국처럼 하라고 했는데, 나는 그러지 못했다. 착한 일 한 번 하자는 마음으로, 그 알량한 선심으로 결혼이란 걸 해치워버린 어이없는 나를 탓할 수밖에.

하지만, 아무리 그렇게 나 자신을 탓해도, 그가 역겨운 건 어쩔 수 없었다.

"더럽고 찌질한 놈."

나도 몰래 욕이 튀어나왔다.

지금 나한테 그런 거요? 기사가 백미러를 통해 뒷자리의 나를 보며 버럭 했다. 그런 게 아니라고 말했지만, 그는 길가에 차를 세우고 당장 내리라고 했다.

어이없는 일의 연속이었지만, 나는 차를 내려 걸었다. 택시 안에 있을 때보다 오히려 머리가 맑아졌다. 진작 걸을 걸 싶었다. 가방 속의 휴대폰이 길게 진동했지만 받지 않았다. 나는 아무 생각 없이 거리를 따라 계속 걸었다.

사거리 건널목 앞에 서서 신호가 바뀌기를 기다리고 있는데, 다시 휴대폰이 진동했다. 나는 가방에서 휴대폰을 꺼냈다. 그 사람의 전화였다. 왜지? 하면서 바로 전화를 받았다.

"당신 자동차 키가 여기 있어서요. 없어진 줄 알고 당황할까봐⋯⋯."

신호가 바뀌었지만, 나는 그 자리에 선 채 통화했다.

"그래요? 잠꾸러기 씨가 아직 잠도 안 자고. 고마워요."

"문자를 보냈는데, 아무 반응이 없어서⋯⋯."

"저런. 문자 온 걸 못 봤네요."

"파티는 끝났어요? 밖인 거 같은데."

"지금 거기로 가고 있어요. 당신 얼굴 좀 보고 가도 돼요?"

지금 집으로 가고 있어요,라고 머리는 말하는데, 입은 주저 없이 그렇게 말하고 있었다.

"그럼요, 조심해서 와요."

전화를 끊은 다음, 나는 다시 택시를 타고 그의 오피스텔로 향했다.

저희 이제 끝나고 헤어졌어요. 내일 봬요 유부.

택시 안에서 장 아트의 문자를 받았다.

내일 봐요.

나는 짧게 답을 보냈다. 저만치, 그의 오피스텔이 나를 향해 달려오고 있었다.

쿨하게.

쿨하게.

나는 속으로 다짐하면서 벨을 눌렀다.

그러나 그가 문을 열어주며 나를 보는 순간, 나의 다짐은 아주 우습게 물거품이 되어버렸다.

맑게 웃는 그의 얼굴을 보자, 나도 모르게 눈물부터 났다.

"왜요? 무슨 일 있었던 거예요?"

그가 놀란 눈으로 나를 보며 말했다.

나는 고개를 거칠게 저었다.

"말해요, 나도 당신 지켜주고 싶어요."

그가 나를 안고 내 어깨를 다독이며 말했다.

나는 그에게서 몸을 떼고, 말 대신 그의 입술에 내 입술을 붙였다.

깊고 뜨거운 키스.

그리고 그의 손길이 내 온몸을 감쌀 때, 갑자기 울음이 북받쳤다.

내가 내내 지옥에서 산다던, 그래서 아무 맛도 아무 재미도 없는 인생을 꾸역꾸역 살아내고 있다던 마리의 말이 생각나서였을까. 아니면, 이 사람도 기억을 되찾고 떠날 것 같은, 그래서 이 순간도 언젠가는 먼지처럼 바수어질 것 같은 슬픈 예감 때문이었을까.

이유를 분명하게 알 수 없는 눈물이 흘렀다.

그를 안을 수 있어서, 정원을 다시 안을 수 있어서 기뻤다.

기쁜데 슬펐다.

주체할 수 없는 그 눈물세례 때문에, 그와 함께 마지막까지 가진 못했다. 그러나 이미 선은 넘고 있었다.

선은 넘기 위해 있는 거니까.

나는 눈물에 휩쓸려가지 않도록 그를 붙잡으며 나 자신에게 말했다.

지금 이 순간은,

어쨌든 슬픔예약금지.

5장 _____ 그것도 모르고 바보처럼

1

"우리 딸이랑 이렇게 정원에 나와서 얘기하는 거, 오랜만인 거 같은데?"

"그러게. 한 백만 년은 된 거 같지?"

"맥주까지 사들고 와서 얘기하자고 하질 않나. 오늘 완전 계 탄 기분인데?"

"내가 얘기 좀 하자고 그러면 무섭거나 그렇진 않아?"

"그럴 리가."

"고마워."

"고맙긴. 오늘은 별이 많이 보이네, 그치?"

"응. 엄마랑 나랑 이렇게 벤치에 앉아 있다고, 별들이 반기러 나왔나봐."

"우리 딸은 말도 예쁘게 해. 근데 저 별들 중에, 우리 지구랑 꼭 닮은 쌍둥이 지구가 있다는 거 알아?"

"지금 보이는 별들 중에?"

"꼭 그런 건 아니고, 하여튼 우주에 그런 별이 있다는 거?"

"쌍둥이 지구, 그건 알아. 엄마."

"어떻게?"

"고등학생 때 우리 과학 쌤이 얘기해줬거든."

"그래?"

"그 쌤, 그런 거 겁나 좋아해서, 평행우주 같은 것도 얘기해주고, 다중우주에 대해서도 얘기해주고 그랬어."

"재밌는 쌤이네."

"엄만 그거 어떻게 알아?"

"이번에 환경 광고를 하는데, 쌍둥이 지구가 등장하거든."

"오호. 그럼, 엄만 쌍둥이 지구가 있다는 거 믿어?"

"글쎄. 그런 게 이론적으론 가능하다고 생각했었는데, 그 정도로 확인까지 됐다는 건 몰랐지."

"신기하지 않아? 그런 지구가 있다는 게."

"응, 엄마도 신기했어."

"근데 엄마, 그 얘기도 들었어? 지구가 똑같이 생겨서, 사람도 말이야, 똑같이 생긴 사람이 있을 거라는 거."

"그것도 쌤이 얘기해준 거야?"

"응. 나랑 똑같은 애가 그 지구에 있을 수도 있고, 엄마랑 똑같은 사람이 있을 수도 있대."

"음. 말 되네?"

"그러고 보니, 그 지구에 있는 애랑 바꿔치기 할 수 있으면 좋겠는데?"

"이아와 이아를? 왜?"

"아빠 안 보고 싶어서."

"거기에도 아빠랑 똑같은 사람이 있을 거 아냐?"

"아냐, 상황에 따라선 좀 다른 사람이 있을 수도 있댔거든, 쌤이. 아빤 다 좋은데, 내 남자친구에 대해서만 날카롭잖아. 그 부분만 싹 뺀 아빠가 그곳에 있는 거지."

"그나저나 너 오늘 아침에, 그 친구 더 이상 만나지 않는다고 선언 했잖아? 어떻게 그렇게 빨리 결정한 거야?"

"이름이 알렉인데, 어제 아빠가 알렉을 찾아왔더래."

"어떻게 알고? 하긴, 요즘은 금방 찾아내더라만. 그래서?"

"당장 나랑 헤어지라고 그러더래. 근데 웃기는 게, 알렉이 아빠한테, 난 헤어지고 말고 할 이유가 별로 없는데요, 그랬대."

"무슨 소리야?"

"그 정도로 나를 좋아하지 않는다는 거지. 아빠가 돈 봉투를 내밀면서, 그럼 깨끗하게 없던 일로 하라고 그랬다네. 돈을 받으면서, 알았다고 그랬대, 알렉이. 각서까지 써주고."

"그 얘길 너한테 했어? 헤어질 정도로 널 좋아하지 않는다고?"

"응."

"넌 그 친구 사랑하고 있다고 그랬던 거 같은데? 아빠한테. 우리 이아, 충격 먹었겠네? 어쩌면 좋아?"

"아냐, 오히려 그 반대. 나 사실, 어떤 것에도 구속받지 않는 그 사람의 자유로운 영혼, 무대에서의 멋짐이 좋았던 거지, 사랑까지는 아니었거든. 내가 쉽게 하지 못하는 것들에 대한 대리만족이라고나 할까."

"아빠가 알렉을 찾아왔다는 얘기, 그건 안 하기로 한 거네?"

"얘기하면 뭐 하겠어? 그냥, 이제부턴 남자친구 사귀는 거, 안 하려고."

"그래?"

"대신, 나중에 아빠가 소개해준다는 자격충족 상대도 안 만나주려고. 어쩔 수 없이 만나도, 보기 좋게 걷어차 주려고."

"복수?"

"그런 셈이지."

"음."

"엄마, 내가 뭐 하나 물어봐도 돼?"

"뭔데?"

"엄마도 가끔 헤어질 생각을 해? 아빠하고."

"왜 그런 생각을 해?"

"전에 엄마가 그랬잖아, 할아버지하고 얘기하면 금고하고 대화하는 거 같았다고. 요즘은 그게 이해가 되거든. 내 남자친구에 대해 아빠가 꼭 금고처럼 굴어서 말이야. 내가 기억하는 한 예전부터 엄마는 아빠하고 각방 쓰고 대화도 잘 하지 않고 그러면서, 어떻게 이혼은 하지 않고 살까, 그런 생각이 들어서……."

"우리 딸, 다 컸네? 엄마하고 이런 얘기도 하고."

"내가 좀 크긴 하지, 키가."

"음."

"엄마가 안 웃으니까 썰렁하다."

"이혼하고 싶은 마음이 왜 없겠니? 나중에 이아가 좋은 남자 만나서 결혼하고 잘 살면 그땐 언제든지……."

"나 결혼하고 싶은 맘 별로 없는데? 암튼 고마워, 엄마."

"뭐가?"

"아빠랑 이혼 안 해서. 나도 아빠 그다지 좋아하진 않지만, 어떨 땐 좀 안쓰럽다는 생각도 들거든. 가족한테 사랑받지 못 하고 사는 중년의 아빠. 응?"

"그러네."

"내가 이렇게 말해서 엄마 화나는 건 아니지?"

"화나 보여?"

"표정이 조금."

"아니야. 엄마가 왜 화를 내? 우리 공주가 요렇게 예쁘고 깊은 생각을 하는데."

"내가 이래서 엄마를 사랑하지 않을 수 없다니까."

"레알?"

"레알."

"진짜 엄마 사랑하는 거지?"

"그럼."

"얼마큼 사랑해?"

"아이 유치해."

"칫. 엄마 삐짐."

"완전 삐짐?"

"유치하단 말 취소해."

"싫은데?"

"간질인다?"

"아 제발 엄마, 완전 항복."

"그럼 엄마 사랑한다고 말해봐."

"지금?"

"응. 저 밤하늘에 떠 있을지도 모를 쌍둥이 지구에 대고 말해봐.

"알았어, 일어서서 외쳐줄게."

"엄마, 사랑해."

"엄마, 사랑해."

"엄마, 사랑해."

2

"얼굴이 엄청 호감형이네? 금방 뜨겠는 걸."

연기 코치는 그 사람을 보자마자 칭찬부터 했다. 꽤 넓은 오피스텔이었고, 연기선생님은 드라마에 조연으로 가끔 등장하기도 하는 중년의 남자였다. 그는 커피 한 잔을 함께한 후에 바로 수업으로 들어가, 카메라를 의식하지 않고 시선 처리하는 방법부터 차근차근 그에게 가르쳐 주었다.

좀 떨어져 앉은 채, 나는 수업 중인 두 사람을 계속 지켜봤다. 그 사람이 같이 있어주길 원한 것도 있었지만, 나 역시 잠시라도 그와 한 공간에 있기 위해 자리를 지켰다.

수업의 하이라이트는 역시 콘티대로, 하늘에 떠 있는 쌍둥이 지구를 바라보는 그의 감정선에 관한 거였다.

"애인 있어?"

글쎄요, 하고 그는 답을 흐렸다. 코치의 느닷없는 질문에 당황한 것도 같았다. 그의 기억에 대해 얘기해야 하나? 싶었지만, 나는 나서

지 않았다. 애인인 것 같기도 하고 아닌 것 같기도 한가보네? 하고 코치는 웃으면서 말을 이었다.

"그럼 말이야, 좋은 기억으로 남아 있는 과거의 여자 한 사람을 떠올려봐."

그게 그런데, 하며 그 사람이 이번에도 애매한 표정을 짓자, 잠시 생각하던 코치는 조곤조곤 말을 이었다.

"언제인지는 상관없어. 최근에 뜨거운 키스를 했거나 밤을 같이 보낸 사람을 떠올려봐."

순간, 그 사람이 나를 봤다. 바로 시선을 외면하긴 했지만, 갑자기 좌불안석이 되고 말았다. 코치는 사랑의 감정을 끌어올리는 작업을 계속하면서, 쌍둥이 지구를 그런 감정으로 바라보라고 그에게 주문했다.

나는 계속 앉아 있기가 힘들었다. 건너편 커피숍에서 기다릴게. 쪽지를 건네고, 먼저 그 오피스텔을 나왔다. 커피숍으로 가는 그 길지 않은 시간 내내, 한 여름날 도로 위에 피어오르는 뜨거운 아지랑이 같은 게 가슴 속에 번졌다. 그날 깨어난 내 연애세포가 다시 되살아나고 있었다. 오랜 세월 망각 속에 파묻혀 있던, 그러나 활짝 피어나지 못한 깊은 들숨과 날숨이 내 심장을 다시 뜨겁게 데우고 있었다.

사람 없는 구석자리에서, 차가운 음료 한 잔을 단숨에 마셨다. 조금씩 마음이 진정되어 왔다.

음료를 한 잔 더 주문하고 있을 때, 그가 커피숍 문을 열고 들어왔다. 그는 아이스커피를 원했다. 자리에 앉자마자, 그는 연기수업을 한 번 더 받기로 했다며, 또 다시 고맙다고 했다. 나는 그에게 웃어 보이면서 시계를 봤다. 환경 광고를 제작하는 프로덕션에서 그의 의상 피팅이 기다리고 있었다.

쿨하게, 쿨하게.

커피를 마시는 그를 보며, 나는 나 자신을 한 번 더 다그쳤다.

쿨하게, 쿨하게.

3

그를 데리고 넓은 회의실로 들어갔다. 장 아트와 감독, 조감독과 코디네이터가 일어서며 우리를 반겼다. 장 아트는 사무실에서 따로 출발해서, 프로덕션에 먼저 와 있었다.

"연기수업은 괜찮았어요?"

옆에 앉는 나를 보며 장 아트가 물었다. 그는 내 옆에 앉았다. 연기 코치는, 그녀가 회사의 다른 팀원을 통해 소개해준 사람이었다. 잘 가르쳐주던데? 하면서 나는 엄지를 치켜 세워보였다.

"볼수록 마스크가 좋습니다. 어디서 이런 보석을 구했어요?"

감독이 그와 나를 보며 말했다.

"하늘에서 뚝 떨어졌어요."

나는 웃으며 대답했다. 그 순간, 진짜 하늘에서 뚝 떨어지듯이 나타난 사람이잖아? 하는 생각이 머릿속을 스치고 지나갔다.

사흘 전, 통화를 하면서도 감독은 그런 말을 했었다. 장 아트가 그를 데리고 프로덕션 미팅을 하고 난 직후였다. 볼수록 마스크가 좋다고, 광고에 나오면 제품이든 기업이든 이미지를 이백 퍼센트 살려줄 얼굴이라고, 자신이 찍는 광고에 자주 등장시킬 수 있었으면 좋겠다고, 그는 말했다.

감독도 그의 연기수업에 대해 물었고, 나는 감정선을 잘 살려줄 것 같다고 대답했다. 커피를 마시면서 광고 제작에 대해 가볍게 얘기한 후에, 감독이 의상 피팅을 시작하자고 했다.

지난번 감독과의 통화에서, 나는 그의 의상과 스타일에 대해 특별히 신경을 써달라고 했고, 감독은 그 사람의 이미지와 광고 분위기에 최적인 걸로 준비하겠다고 말했었다.

감독 옆에 앉아 있던 코디네이터는, 일곱 가지 의상과 각각에 어울리는 신발을 준비했다고 말하며 자리에서 일어났다. 그 사람은 코디네이터를 따라 회의실과 연결된 작은방으로 갔다.

그가 1번 상하의를 입고 나타났다. 코디네이터도 그를 뒤따라왔다. 그가 우리 앞에 서자, 폴라로이드 사진기를 들고 있던 조감독이 그 사람을 찍었다. 감독이 옷에 대해 물었고, 코디네이터가 그 의상 컨셉에 대해 간단히 설명해주었다. 폴라로이드 사진을 모두 같이 확인한 다음, 그는 다시 작은방으로 돌아가 두 번째 의상을 입고 나타났다.

"힘들어요?"

중간에 장 아트가 그 사람에게 물었다.

"재미있는데요?"

그는 맑은 미소를 지으며 대답했다.

"아, 저 미소. 정말 좋아요. 광고 마지막 씬은 저겁니다."

감독이 말했다. 백 퍼센트 동의한다고, 장 아트가 맞장구를 쳤다. 나는 그저 웃기만 했다.

그렇게 7번까지의 '나 홀로 패션쇼'가 끝났다. 그는 원래 입었던 자기 옷으로 갈아입고 다시 회의실로 돌아왔다. 회의실 탁자 위엔 7장의 폴라로이드 사진이 가지런히 놓여 있었고, 우리는 사진들을 보며 협의했다. 장 아트가 그에게 어느 의상이 마음에 드는지 물었지만, 그는 다 마음에 든다며 솔직히 잘 모르겠다고 대답했다.

나와 감독은 3번 의상을 가장 마음에 들어 했고, 장 아트도 동의했다. 그 사람은 코디네이터를 따라 다시 작은방으로 들어가 그 의상을 입고 나왔다. 굿, 하고 나는 엄지를 내밀며 웃어보였다.

그렇게 촬영 의상 피팅이 끝났다. 주차장으로 나오면서, 장 아트가 그 사람을 데려다주고 사무실로 가겠다고 말했다. 바쁠 텐데 그럴 거 없다며, 나는 내가 그를 데려다주겠다고 했다. 그는 장 아트 몰래 웃는 얼굴로 나에게 윙크를 했다.

"윙크를 할 줄 알았네요?"

차를 운전하면서 그에게 물었다.

"윙크요?"

이거요, 하면서 나는 그에게 윙크를 해보였다.

그냥 하게 되네요, 하고 그가 내 쪽으로 얼굴을 가까이 하며 윙크를 했다. 우리는 같이 웃었다.

"피곤하죠?"

"조금요."

"졸리면 집에 도착할 때까지 좀 자요."

"커피를 마셔선지, 졸리진 않아요."

"잠꾸러기 씨, 그래도 좀 자둬요."

그는 말 잘 듣는 아이처럼, 바로 눈을 감았다. 나는 차를 더 조심히 운전했다.

그리고 신호등 앞에서 잠든 그를 보며, 아까 내가 한 말을 되새겼다. 정말 그런 거 아닐까, 생각하면서.

하늘에서 뚝 떨어졌어요.

4

퇴근해 오니, 남편이 정원 벤치에 앉아 있었다.

"웬 일이야, 이렇게 일찍?"

"당신하고 할 애기가 있어서."

그가 자기 옆자리를 가리키며 말했다. 나는 그의 옆에 앉아, 하늘부터 올려다봤다. 어스름 하늘엔 어느 새 달이 떠 있었다.

남편 쪽으로 얼굴을 돌리는 순간, 그의 향수 냄새가 더 강하게 느껴졌다. 그는 정면을 본 채 말이 없었다. 남편이 무슨 얘길 하려는지, 그리고 내가 먼저 얘길 꺼내기를 기다린다는 것도 알고 있었지만, 나는 침묵했다.

"요 며칠 사이, 지순희 만난 적 있어?"

여전히 앞을 본 채, 그가 말했다.

"만났어, 쫑파티에서."

나도 앞을 보며 무심한 척 답했다.

"뭐래?"

"뭐가 궁금한데?"

"그 친구가 나한테 이상한 소릴 했는데, 그거 진짜인가 해서."

"지순희가 당신한테 무슨 얘길 했는데?"

"당신한테 이혼하라고."

"내가 이혼 안 해주고 있는 걸로 알던데?"

"난 그런 얘기 한 적 없거든. 그 친구가 나하고 결혼하겠다는 얘기도 나는 금시초문이고."

사이코를 만났다? 하고 물으며, 나는 그를 봤다. 일순간, 남편의 표정이 흐려졌다. 해수 언니가 밖으로 나와 우리를 보고 도로 집안으로 들어갔다.

"하고 싶은 얘기가 뭐야?"

그가 슬그머니 내 한 손을 잡아 자기 쪽으로 끌어당겼다. 나는 그의 손에서 내 손을 빼냈다.

"여보, 미안해. 그 친구하고는 밥 몇 번 먹었을 뿐이야."

그가 나를 보며 말했다.

개그 하니? 그 말이 목구멍까지 요동치는데, 머릿속엔 다른 생각하나가 쓱 떠올랐다.

이거 혹시, 남편이 지순희를 사주한 거 아닐까? 이혼하고 싶어서.

그녀는 그랬다. 애정 없는 결혼생활, 계속할 필요가 없지 않냐고. 이아 때문에 그가 나한테 직접 내뱉을 순 없는 말이었다.

내가 왜 그 생각을 못 했지? 애정 없는 결혼생활, 남편도 끝내고 싫어 한다는 걸.

그렇게 생각하는 순간, 누군가 손바닥으로 내 뇌를 후려치는 것 같았다.

"다 내가 못나서 생긴 일이니까, 당신이 이해해줘. 그런 소리 듣고도, 이혼하자는 얘기 안 해줘서 고맙고."

그가 말했다.

"이혼 얘기, 안 한다고 누가 그래?"

나는 그를 보며 말했다.

"여보."

그가 사정하듯 말했다.

"솔직히, 당신도 힘들잖아? 나랑 사는 거. 내가 당신을 자유롭게 해줄 테니까, 당신은 훨훨 날아가, 지순희든 누구한테든."

나는 앞을 보며 또박또박 말을 이었다.

"나도 내 인생을 살 거야. 이제까진 그러지 못 했지만, 이제부턴 그럴 거야."

나란히 앞을 본 채 입을 굳게 다물고 있던 그가 다시 말을 꺼냈다.

"이혼은 안 돼. 이아, 아직 나이만 성인이지 한참 어려."

그 말인즉슨, 그도 이혼하고 싶지만 이아 때문에 참는다는 얘기였다. 생각이 한 방향으로 내달리며 나를 들쑤셨다.

"나도 그렇게 생각했는데, 이젠 안 되겠어. 이혼하자, 우리."

"미안해. 내가 잘못했어. 지순희 문제는 내가 깨끗하게 처리할 테니까, 이혼 얘기는 없었던 걸로 하자고."

남편은 내 손을 빠르게 한번 쥐었다가 놓으면서 일어섰다.

그가 문을 열고 들어간 후에도, 나는 그대로 앉아 있었다.

머릿속에서 두 단어만 내내 맴돌았다.

이혼.

이아.

5

"어떡할 거야?"

"뭘 어떡해?"

귀감의 방, 회사의 경력사원 채용에 관한 일을 협의한 후에, 우리는 지순희와 남편에 대해 얘기했다.

"그냥 봐줄 수 없잖아? 강제후."

귀감이 웃으며 말했다.

"어허, 광고주 사장님을 그렇게 부르다니."

나도 웃으며 말했다.

"어이쿠, 잘못했습니다. 바람둥이 남편을 감싸주시는 이 지고지순한 사랑 앞에 머리가 숙여질 따름입니다."

그가 머리를 숙여 보였다.

우리는 함께 소리 내 웃었다.

나는 지난 저녁에 느꼈던, 남편이 지순희를 사주했을 거라는 내 생각을 얘기했다. 그러나 귀감은 고개부터 저었다.

"그건 아니라고 봐 나는. 강 사장이 지순희를 앞세워서 그런 얘길 유부한테 하면, 유부가 당장 이혼하자고 하고, 이아를 완벽하게 뺏길 수도 있는데 뭐 하러 그러겠어?"

"이아는……."

귀감은 나의 말을 자르며 말했다.

"내 직감은, 지순희의 오버 액션이라는 거지. 그녀의 도발일 확률 이 훨씬 높아 보여."

귀감의 말에도 어느 정도 일리가 있었다. 내 감정이 너무 통제 불 능으로 치달았나보다 싶었다,

"어쨌든, 유부한텐 이혼 꽃길이 열렸으니까 밀고 나가. 마리하고 내가 힘껏 도와줄게."

이러나저러나, 결론은 마찬가지네? 하는 나의 얘기에 이어, 우리 는 같은 말 하나를 동시에 내뱉었다.

"이혼!"

우리는 서로를 보며 소리 없이 웃었다.

"내일은 사장 직권으로 유부한테 휴가를 명할 테니까, 정원 씨하 고 어디 바람이나 쐬고 와. 바람 쐬면서 이혼에 대해서도 마음을 단 단히 하고."

"눈물 나게 고맙긴 한데 내일, 그 사람 두 번째 연기 트레이닝 있 어. 환경 광고는 촬영 전 광고주 미팅 있는 날이고."

"잘 됐네. 그 트레이닝 끝나고 계속 같이 놀아. 광고주 미팅이야

유부가 안 가도 되는 거고. 정원 씨도 여기저기 좀 다녀도 보고 그래야 뭔가 기억도 나고 그런 거 아니겠어?"

"모델 시켜서 그 사람도 나도 정신없게 만든 게 누군데?"

"그거야 나보다 우리 와이프님 아니겠어? 착한 친구한테 그런 말하기, 있기 없기?"

아주 궤변의 귀감이야, 하고 내가 말할 때, 내 휴대폰이 문자 도착을 알렸다.

낮에 국수 만들 건데, 같이 안 먹을래요?

그 사람의 문자였다.

웬 국수예요? 만들 줄 알아요?
전에 국수 만들던 기억이 살아났어요.
만들 수 있을 거 같아요.
희한하네요. 딴 거보다 국수 만들던 게 먼저 생각나다니.
그러게요.
아무튼 좋은 일이네요. 재료는 있어요?
방금 마트에서 생각나는 대로 사왔어요.

나는 귀감에게 그의 국수를 같이 먹으러 가자고 했다.

"싫어. 그 정도 눈치쯤은 나도 있어."

귀감은 거절했다.

"운전하기 힘들어서 그래."

"택시 타고 가."

"정말 이럴 거야?"

"아니."

"같이 갈 거지?"

"알았어. 실은, 나도 정원 씨, 보고 싶긴 해. 근데 우리 와이프님도 같이 가면 안 될까? 엄청 좋아할 텐데."

오케이, 하고 내가 말하기 무섭게, 그는 마리에게 전화했다. 그러나 그녀는 전화를 받지 않았고, 문자를 해도 답이 없었다.

"할 수 없군. 우리끼리 가야겠는데?"

나는 그 사람에게 문자를 보냈다.

'박사'와 같이 간다고.

우리가 도착했을 때, 그 사람은 한창 잔치국수를 만들고 있었다. 준비된 재료나 손놀림이 익숙해보였다. 내가 거들겠다고 했지만, 그는 우리를 주방에서 밀어냈다.

귀감은 거실 소파에 앉아 휴대폰을 들여다봤다. 나는 옥살리스 앞에 앉아 오래된 잎들을 다듬었다. 볕은 좋았고, 꽃은 물을 촉촉하게 머금고 있었다.

"해상 씨, 박사, 오세요."

그가 우리를 불렀다.

해상 씨,라는 그의 부름에 종잇장처럼 팔랑대는 마음을 잡으며, 나는 식탁으로 걸어갔다. 그렇게 이름을 부르니까 더 좋은데? 하면서, 귀감이 그 사람과 나를 번갈아보며 웃었다.

식탁엔 똑같은 세 그릇의 국수가 차려져 있었다. 한 그릇은 홀로, 두 그릇은 그 맞은편에 나란히 놓여 있었다. 귀감이 먼저 홀로인 한 그릇을 차지하고 앉으면서, 맞은편 자리에 그 사람과 나를 앉게 했다. 프레젠테이션도 자기 마음대로 못 가게 하더니, 이젠 앉는 것도 자기 마음대로 정해버려? 하고 툴툴거리면서, 나는 귀감이 정해주는 자리에 앉았다.

채 썬 야채와 계란 지단에 김 가루까지 뿌려진 국수는 젓가락을 들기 전부터 군침이 돌 정도였다. 우리는 국수를 먹기 시작했다.

"오우, 이건 환상적인 맛인데? 혹시 과거에 국수 전문 요리사?"

한 입 먹자마자, 귀감이 감탄하며 말했다.

"그건 아니었던 거 같고. 그냥 집안에 있는 주방에서 국수를 만들었던 거 같거든요."

그는 귀감과 나를 번갈아보며 말했다.

기억이 돌아오는 건가?

순간, 기대와 불안이 뒤섞인 감정이 나를 장악하려 했지만, 나는 그 감정에서 벗어나기 위해서라도 국수를 먹는데 더 몰입했다. 내 입에도 그의 국수는 정말 맛있었다. 국물 맛은 물론이고, 면까지 잘 삶아져 있었다. 나는 한 입 한 입 먹을 때마다 예전의 정원을 생각했다. 그 사람 역시 국수를 좋아했고, 나에게도 만들어줬었다.

어릴 때 고아원에서 하도 많이 먹어서 물릴 줄 알았는데, 그때 그 국수가 생각나서 자꾸 만들어 먹게 되네.

그렇게 말하며 웃던 그의 얼굴이 스쳐 지나갔다.

그에 반해, 그때도 지금도 내가 제대로 할 줄 아는 요리는, 할머니한테서 배운 김치볶음밥 하나뿐이다. 맛이 왜 이래? 하고 아버지는 늘 핀잔을 줬다. 그래도 정원은, 내가 해주는 김치볶음밥을 정말 좋아했고, 세상에서 제일 맛있는 요리라고 치켜세웠다. 다음엔 더 맛있게 할 수 있을 거라는 말을 덧붙였지만.

내가 그릇을 다 비우자, 그가 나를 보며 물었다.

"맛이 어때요? 별 얘기가 없어서…….."

"맛있어요. 아주 잘 먹었어요."

예전의 정원을 생각하느라 그랬다는 말은 하지 않았다.

"정말 맛있었어요?"

"정말 맛있어요. 환상적이에요."

얘기하면서, '환상적'이라는 말이 이렇게 좋은 표현이구나, 하고 나는 생각했다. 그는 환하게 웃었고, 귀감도 덩달아 활짝 웃었다.

"다음에 또 해줄 거죠?"

물론입니다, 하고 대답하는 그를 보며 나는 생각했다.

이 사람은 누구일까? 정말, 정원의 도플갱어일까? 요리 솜씨나 식성까지 똑같은.

그런 생각에 이어, 또 다른 생각이 꼬리를 물었다.

쌍둥이 지구에도 사람이 살 가능성이 있다면, 혹시 이 사람……

설마, 하고 혼잣말을 하면서, 나는 그릇을 들고 자리에서 일어났다.

뭐가? 하면서 귀감이 나를 바라봤다. 나는 아무것도 아니라고 말하면서, 그 사람이 말리는 설거지를 했다.

그 사이, 귀감은 현관 쪽으로 가며, 먼저 차에 가서 통화 좀 하고 있을 테니 천천히 나오라고 했다.

"좀 더 있다 가면 안 돼요?"

내가 가방을 챙겨들고 현관으로 걸어가자, 그가 내 손을 잡으며 말했다.

"나도 그러고 싶은데, 지금은 좀 그러네."

나는 멈춰 선 채로 그를 보며 말했다.

그의 얼굴이 내게로 다가왔다.

그의 입술이 내 입술에 닿았다.

깊고도 짧은 키스.

"좀 전에 국수 만들면서, 같이 만들던 사람도 생각났어요."

문을 열기 직전에 그가 얘기했다. 누구였어요? 하고 내가 묻자, 그는 잠깐 뜸을 들였다가 다시 말했다.

"해상이."

"나요?"

"당신인데 젊은 사람."

"그럼 당신은? 당신 이름은요?"

"그녀가 나를 정원이라고 불렀어요."

이럴 수가.

나는 손잡이를 잡은 채 꼼짝 않고 서서 그를 바라봤다.

그 사람이 온 거야. 그 사람이 다시 온 거야.

6

표정을 더 섬세하게 만드는 트레이닝이 계속됐다. 처음 하는 광고 모델이다 보니, 어쩔 수 없이 디테일에선 잘 되지 않는 부분이 있었다. 특히 짧은 순간에 모든 감정을 보여줘야 하다 보니, 연기를 모르는 그로서는 어려울 수밖에 없었다.

보고 있는 내가 이렇게 힘든데, 그는 얼마나 힘들까.

내내 그런 생각이 마음을 무겁게 했다. 귀감 부부가 이 사람을 추천할 때 냉정하게 자를 걸 그랬나 싶은 생각도 들었다. 그래도 그는 힘든 기색을 비치지 않고 코치가 얘기하는 대로 따라갔다.

그러느라고, 수업은 예정보다 한 시간 가량 더 길어졌다.

"마무리하면서, 차를 한잔 더 하죠."

수업을 끝내면서, 연기 코치가 말했다.

나는 코치의 만류를 뿌리치고 차를 탔다. 그때, 현관 벨이 울렸다.

코치가 문을 열어주자, 그와 연배로 보이는 남자가 들어왔다. 내 친구인데 약속이 돼 있어서, 하면서 코치는 합석해도 되겠느냐고 물었다. 나는 괜찮다며 그의 차도 함께 탔다.

"저는 최면치유사입니다."

코치의 친구는 나와 그 사람에게 명함을 건네면서 자신을 그렇게 소개했다. 최근까지 연구소를 가지고 있었고, TV 프로그램에도 몇 번 출연한 적이 있는데, 지금은 연구소를 집으로 옮겼다고 말했다. 그래도 여전히 '소장님'이라고 코치가 거들었다.

"내가 저 하늘을 바라보는 건, 사랑하는 사람이 거기 있기 때문이다. 이 감정을 계속 유지하는 게, 가장 중요한 거야."

연기 코치는 촬영 당일 날 잊지 말아야 할 몇 가지를 요약해서 얘기해주었다. 그 사람은, 내가 건넨 메모지에 그 내용을 써내려갔다.

수업을 한 번 더 받아야 하나?

잠깐 그런 생각도 들었지만, 과한 건 모자란 것만 못 하다 싶어서 얘기를 꺼내지 않았다.

잘 가르쳐줘서 고맙다고 말하면서, 나는 자리에서 일어섰다. 그 사람도 코치에게 깍듯이 인사했다. 밖으로 나오기 전에, 소장은 전생이 궁금하거나 심리 치유가 필요하면 연락해달라고 말했다.

코치의 집을 나와, 우리는 길 건너편의 커피숍으로 갔다. 그대로 헤어지기엔 아쉬운 마음이 들었다. 자신의 이름과 '해상'을 생각해낸 후로 아직 다른 기억은 떠오르지 않는다고 했지만, 그것에 대해서 더 얘기하고도 싶었다. 환경 광고 촬영을 위해 광고주 미팅을 하러 간 팀원들과의 회의는 저녁에 잡혀 있어서 시간의 여유도 있었다.

그 사람과 나는 주문한 주스 한 잔씩을 들고, 지난번에 앉았던 자리에 나란히 앉았다.

누군가 그랬지, 남녀가 나란히 앉으면 연인 사이, 마주보고 앉으면 그렇지 않은 사이라고.

자연스럽게 내 옆에 앉는 그를 보며, 잠깐 그런 생각이 들었다. 나는 속으로 혼자 웃었다.

그는 자리에 앉자마자, 휴대폰으로 무언가를 검색하고 내용을 들여다봤다. 내가 주스를 두어 모금 마시고 화장실을 다녀와도, 그는 계속 휴대폰을 들여다보고 있었다. 기억에 대한 얘기를 꺼낼 수 없었다.

"뭘 그렇게 열심히 봐요?"

"최면에 대해서 보고 있어요."

관심이 가냐고 내가 묻자, 그는 고개를 끄덕였다.

"전생이라는 거, 정말 있는 걸까요?"

"글쎄, 별로 생각해보질 않아서……."

"궁금하지 않아요?"

"당신은 궁금해요?"

"나야 지금의 내가 더 궁금하죠. 그런데 전생과 지금 생은 연결돼 있대요."

아, 그래서 관심을 가졌구나, 싶은 생각이 들었다.

그가, 좀 전에 받은 명함을 꺼내 휴대폰으로 소장의 이름을 검색하고 있을 때, 내 휴대폰이 울렸다.

아버지의 요양원 번호였다.

"아버님이 자꾸 찾으세요?"

"저를요?"

"어머님을요."

"왜요?"

"매일 밤 꿈에 이상한 사람이 나온다고…… 무섭대요."

갔다 온 지 며칠 되지도 않았는데, 하고 나는 말을 흐렸다.

"그래도 자꾸 어머님을 불러 달래요. 의논할 게 있다고."

당장은 어렵고,라고 얼버무리려다가, 잠시만요,라고 말했다. 그리고 잠깐 생각했다.

문득, 그 사람과 아버지를 대면시켜보자 싶었다. 아버지의 반응도 보고 싶었고, 그에게도 무언가 자극이 되지 않을까 하는 생각이 들었다. 그와 둘이 바람을 쐬고 오라던 귀감의 말도 떠올랐다.

지금 요양원으로 출발하겠다고 말하고 전화를 끊었다. 그 사람이 자기 휴대폰을 든 채 나를 봤다.

나는 통화 내용을 얘기하면서, 같이 가지 않겠느냐고 그에게 물었다.

"좋죠. 가요."

그가 웃으며 대답했다.

아버지 호출. 둘이 다녀올게. 바람도 쐴 겸.

귀감에게 문자 메시지를 보내고, 장 아트에게도 회의를 다음날로 미루는 문자를 보낸 다음, 우리는 커피숍을 나섰다.

코치의 오피스텔 주차장에 세워진 차를 탈 때, 귀감의 문자가 왔다.

바람 찐찐나게 쐬고 오시게.

나는 문자를 그에게 보여줬다.

그가 맑게 웃었다.

7

아버지는 휠체어에 앉은 채 요양원 휴게실 창가에서 졸고 있었다. 방에는 귀신이 나타나서 머물기 싫어한다고, 요양사가 말하면서 아버지를 깨웠다.

"어, 당신 왔어?"

눈을 뜬 아버지는 물끄러미 나를 보더니 반가운 표정으로 말했다. 방으로 들어갈래요? 하고 물었지만, 아버지는 싫다고 했다. 요양사가 내게 의자를 권하고 휴게실을 나갔다. 나는 의자를 아버지 앞으로 당겨 앉으면서 물었다.

"꿈에 누가 보이는데요?"

그놈이, 하고 아버지가 얘기를 꺼내는데, 화장실에 갔던 그 사람이 내 옆에 서며 아버지에게 꾸벅 인사를 했다.

"누구……?"

아버지가 나를 보며 물었다. 나는 대답하지 않고 아버지의 반응을 지켜봤다. 내게서 시선을 떼고 그 사람을 물끄러미 보던 아버지는 잠깐 놀란 표정을 짓다가, 갑자기 자신의 두 눈을 손으로 비벼댔다.

그리곤 다시 그를 쳐다보면서 소리쳤다.

"귀신이야!"

아직도 그럴 기력이 남아 있나 싶을 정도로 큰 소리였다. 당황한 그 사람을 향해 잠깐만, 하고 말한 다음, 나는 아버지에게 물었다.

"누군지 알겠어요?"

"그놈…… 차가, 차가 그놈."

"차가?"

"차 머시기, 그놈."

단기기억도 장기기억도 거의 다 잃어버린 아버지가, 분명히 '차정원'을 기억하고 말하고 있었다.

"저놈이 요즘 내 꿈에 나와서 날 괴롭힌다니까."

정원이 아버지의 꿈에 나타나다니.

"언제부터 꿈에 나타난 거예요?"

아버지는 내 말은 듣지도 않고, 계속 고함쳤다.

"빨리 내쫓아, 빨리!"

나가 있을까요? 하고, 그 사람이 물었다. 나는 그의 한 손을 잡으며 아버지에게 말했다.

"이 사람, 귀신 아녜요."

"어마무시하게 큰 나무를 들이받고 죽었는데, 어떻게 귀신이 아니란 거야."

"차 머시기가요?"

내가 말하는 사이, 요양사와 간호사가 달려왔다. 나와 그 사람에게 잠시 복도 끝에 가 있으라고 말하고, 그들은 아버지를 진정시키면서 방으로 데려갔다.

내가 방에 들어섰을 때, 아버지는 침상에 비스듬히 누워 있었다. 나는 아버지 침상과 옆자리 침상 사이에 있는 커튼부터 쳤다. 그 사람은 그 옆자리 침상으로 들어와 아버지와 나 사이의 얘기를 들을 참이었다. '차 머시기'가 어떻게 죽었는지는 아버지가 모르는 사실이었고, 그 사람은 아버지의 그 말에 관심을 보였다.

내가 침상 앞 의자에 앉자, 아버지는 나를 보며 말했다.

"그놈이 어떻게 백주대낮에 여길 왔지? 귀신이 말이야."

나는 아버지의 말에 대꾸하지 않고 바로 '큰 나무' 얘기를 물었다.

"아, 그거? 이건, 당신만 알고 있어."

아버지 목소리가 갑자기 작아졌다.

"사실 그놈, 우리가 죽인 거나 다름없어."

이건 또 무슨 소리지? 싶었다.

"우리가 누군데요?"

"나하고 제후."

머리가 어질해져 왔다.

아버지는 여전히 작은 소리로 얘기를 이었다.

"그놈이, 그 차가 놈이 제 집에 나타났다는 연락이 왔지. 내가 여기저기다 애들을 좀 풀어놨거든. 그런데 그때는 내가 지방 공장에 가 있어서, 바로 가볼 수가 없었어. 제후한테 연락을 했지, 가보라고."

아버지의 말이 조금씩 빨라지고 소리도 커졌다. 긴가민가하면서도, 나는 아버지의 말을 한 마디도 놓치지 않으려 애썼다.

"제후가 그놈을 만났대. 해상이 어디 있냐고 다그쳐도, 그놈, 도대체가 말을 안 듣더래. 그러고는 그놈이 자기 차를 타고 떠나버린 거지. 제후가 그놈 차를 따라가면서, 나한테 애들을 더 붙여 달라고 하더라고. 그놈 차를 추적하겠다고 말이야. 그래서 애 둘에 차를 한 대 더 붙였지. 그런데 그놈이 눈치를 챘는지 자꾸 이상한 데로 가더라지 뭐겠어."

호흡이 가빠지고 얼굴이 붉어지는 가운데에도, 아버지는 마치 생중계 하듯 얘기를 계속했다. 처음부터 녹음할 걸 그랬나? 싶은 생각이 들었지만, 이미 늦었다는 생각이 들었다.

"제후는 중간에 뒤쳐지고 걔네들 차가 따라붙었는데, 위태위태한 산길에서 엄청 큰 나무를 들이박더래. 그놈도 낯설고 험한 길로 잘못 들어간 거겠지. 운전 실력이 형편없었거나. 그렇게 죽은 놈이 요즘 자꾸 내 꿈에 나와. 내가 칼 들고 죽인 것도 아닌데, 날 데려갈려는 건지."

아버지는 거기까지 얘기한 다음, 시선을 떨어뜨린 채, 휴우, 하고 숨을 길게 몰아쉬었다.

방금 한 말이 진짜냐고, 다 기억하고 있었냐고 내가 묻는 사이, 아버지는 머리를 앞으로 내밀고 들여다보듯이 나를 유심히 봤다.

그리곤 내뱉듯 말했다.

"해상이 네가 웬일이냐?"

"꿈에 누가 나타난다고 오라고 해서 왔잖아요."

"누가? 내가?"

아버지가 물었다.

"네."

나는 짧게 대답했다.

"무서워 죽겠다."

그제야, 아버지는 생각난 듯이 말했다.

"그놈, 그 귀신, 쫓아버려. 안 그러면 너한테 달라붙어."

"알았어요."

"꼭 쫓아버려, 알았지?"

아버지는 보채듯 같은 말을 반복했다. 나는 같은 대답을 몇 번 한 다음, 자리에서 일어섰다. 더 이상 아버지 얼굴을 보고 있을 수가 없었다. 옆자리의 그 사람이 일어나 나가는 소리도 들렸다. 나는 그대로 방을 빠져나와, 저만치 앞서가고 있는 그를 불렀다.

나를 돌아보는 그의 두 눈에 눈물이 그렁대고 있었다. 왜 그러냐고 물어도, 그는 대답이 없었다.

나는 그를 요양원의 마당 벤치로 데려갔다. 그 사람은 두 눈을 꾹

감은 채 계속 울었다. 나는 그의 울음이 그칠 때까지 기다렸다.

"다 기억났어요. 당신 아버지가 말할 때, 다……."

"정말요? 그럼 당신도 똑같이……?"

그는 고개를 끄덕이며 나를 봤다.

"당신은 그 차에 타고 있지 않았나본데, 내 차엔 해상이 타고 있었어요."

"그럼 그녀는?"

즉사했어요,라고 말하는 그의 눈에 다시 눈물이 차올랐다.

"해상이 죽은 걸 확인하고, 의식이 가물가물 하는 중에 구급차가 왔어요. 그리고 병원으로 실려 갔어요."

이쪽에선 정원이 죽고, 그쪽에선 그녀가 죽었구나 싶었다.

그런데, 하고 그가 한 호흡 쉰 다음, 말을 이었다.

"병원에 누워 있는데, 몽롱한 의식 속에서 해상이 부르는 것 같은 노랫소리가 들렸어요. 아무래도 해상이 그곳에 가서 나를 부르는 거 같았어요."

"그곳이 어딘데요?"

"우리가 가고 있던 바닷가……."

그곳에도 바다정원이 있는 거야, 하고 나는 생각했다.

"옥살리스 꽃도 가져가야지 싶었어요."

"그 꽃은 어디에……?"

"사고 난 차 안에 화분 채 있었는데, 그 화분이 내 눈 앞으로……

노랫소리는 계속 들리고…… 화분을 따라 수많은 옥살리스 꽃들도 같이 따라오고…… 나는 분명히 침상에 누워 있는데…… 그리곤, 그 다음은…… 그 다음은…… 모르겠어…….”

그러면, 병원에 있는 그는 뭐고, 여기 이렇게 와 있는 그는 또 뭐지?

어떻게 된 건지 갈피를 잡을 수 없었다.

혹여 그가 병원에서 의식을 완전히 잃어버리면, 지금 이 사람은 어떻게 되는 거지?

생각이 꼬리를 물고 이어지면서, 다시 아버지가 말한 그 모든 일이 사실이겠다 싶은 생각도 들었다.

이 사람이 그런 일을 당했다면, 정원 씨도 그렇게…….

치매가 비틀어버린 기억 너머에 오랫동안 은닉되어 있던 진실, 그걸 아버지는 얘기한 거였다.

정원 씨, 미안해.

갑자기, 그 말 한 마디가 내 입안에 맴돌았다.

결국엔, 아버지와 강제후가 당신을 그렇게 만든 거였어. 혹시나 했지만, 나는 그것도 모르고 강제후하고 결혼하고…… 그것도 모르면서…….

어느새 두 뺨으로 눈물이 흘러내렸다. 그 사람은 그 사람대로 생각에 잠긴 채 연신 눈물을 닦고 있었다. 우리는 서로의 손을 잡은 채 울었다. 그리곤 눈물을 수습하고 내 차로 걸어갔다.

"그 소장님이 한다는 최면요."

내가 내비게이션을 열 때, 그가 말했다. 고개를 돌려 그 사람을 보자, 그가 말을 이었다.

"그거 받아보면, 더 자세히 알 수 있지 않을까요?"

나는 고개를 끄덕이며 말했다.

"그래도 무턱대고 그 소장님한테 달려갈 순 없으니까, 내가 좀만 더 알아볼게요. 괜찮죠?"

이번엔 그가 고개를 끄덕였다.

나는 차를 출발시켰다.

그가 몇 마디 말을 더했지만, 내 귀엔 들어오지 않았다. 대신, 좀 전에 마당에서 한 혼잣말이 확성기를 쓴 것처럼 내 귓속, 입속, 머릿속에 울려왔다.

결국엔, 아버지와 강제후가 당신을 그렇게 만든 거였어. 혹시나 했지만, 나는 그것도 모르고 강제후하고 결혼하고…….

그것도 모르고 바보처럼.

6장 _____ **내게 후회 따윈 없다**

1

허망하고 스산했다. 그는 떠나고 나는 홀로 남았다. 정원을 향한 미안함과 칼날 같은 자책은, 모두 내가 감당해야 할 몫이었다. 그를 바다정원의 먼 바다에 뿌리고 돌아와서부터, 나는 내 방의 감옥 속에 갇혀 꼼짝 않고 살았다. 아니, 산 게 아니고 조금씩 죽어가고 있었다.

그 사고에 대해 밝혀진 건 아무것도 없었다. 정원이 어딜 가려고 했던 건지, 왜 그 산길을 위험하게 달렸는지, 그런 의문들만 나를 힘들게 했다.

유일한 위안이 있다면, 그가 남기고 간 옥살리스였다. 정원을 보듯, 그 여린 꽃들을 보고 쓰다듬고 물을 주며 시간을 보냈다.

아버지는 나를 포기한 것처럼 못 본 척했다. 제후에게서도 연락이 없었다. 그런 그들이 차라리 고맙다는 생각이 들기도 했다.

그러나 잠을 이루지 못하는 한 밤, 감정이 격해질 땐 그들을 물어뜯어버리고 싶었다. 짐승처럼 악마처럼, 내 속에 똬리치고 있는 울분을 그들에게 쏟아내고 싶었다. 그러나 마치 내가 그런 심정이라는 것을 아는 듯이, 그들은 침묵하고 내 앞에 나타나지 않았다.

간혹 회사 사람들이나 친구들의 전화가 걸려오긴 했지만, 나는 받지 않았다. 귀감과 마리가 걸어오는 전화만 받았다. 두 사람은 얼른 다 털어버리고 감옥을 탈출하라고 얘기했다. 같이 여행을 가자고 제안해주기도 했다.

시간이 좀 걸릴 거 같네.

나는 그 말만 반복했다. 그렇게 몇 달이 굼벵이처럼 지나갔다.

그 무렵, 그 아이를 처음 만났다.

어느 날 한낮에, 출근했던 아버지가 그 아이의 손을 잡고 거실에 서 있었다. 서너 살 정도로 보이는 소녀는, 크고 똘망똘망한 눈으로 나를 올려다봤다.

아는 사람 앤데, 멀리 출장 가면서 맡길 데가 없대서 며칠 데리고 있어주기로 했다. 며칠만 애 좀 봐줘라. 애 엄마가 죽어서 불쌍한 애다.

아버지는 그렇게 자세한 얘기를 생략한 채, 우유와 작은 컵과 수저세트, 기저귀와 옷 가방을 던져놓고 휑 하니 회사로 다시 가버렸다. 내가 왜 이 아이를 봐줘? 내가 언제 애를 돌봤다고? 그리고 내가 지금 애 봐줄 상황이야? 애 혹시 아버지 애 아냐? 따위의 말들은 꺼내놓을 짬도 없었다.

울상이 된 채 거실 바닥에 앉아 있는 아이를 보고 있자니, 나의 어릴 적이 생각났다. 나를 낳은 지 육 개월 만에 엄마가 죽으면서, 할머니 손에 큰 나였다. 엄마에 대한 기억은 전혀 없고, 내 기억 속의 엄마는 오직 할머니였다. 할머니는 어린 손녀를 모자람 없이 돌봐줬다. 그럼에도 마음 한 구석엔 언제나 부족함이 있었다. 어린 마음에도 할머니한테는 말하지 못한 그 존재, '엄마'였다.

엄마.

엄마.

아이가 나를 보며 말했다. '맘마'라고 한 건지, '엄마'라고 한 건지, 분명치 않았지만, 내 귀에는 '엄마'라고 들렸다.

내가 이 세상에 태어나, 한 번도 불러보지 못한 이름, 엄마.

제대로 먹지 않아 속에 든 게 없어 그런 건가? 아니면 엄마 생각을 하고 있어서 그런 건가? 생각하면서, 나는 급한 대로 우유와 컵을 꺼내 따랐다.

내가 컵을 건네자, 아이는 꼴깍꼴깍 숨 가쁘게 우유를 먹었다. 그런 아이를 보고 있자니 짠한 마음이 들었다.

나는 나이고, 이 아이는 이 아이야.

마음속으로 아이와 나 사이에 선을 그으려 했지만, 그렇게 되지 않는다는 걸, 나는 금방 알았다.

우유를 다 먹은 아이의 입을 닦아주고 컵을 씻어놓은 다음 돌아와 보니, 아이는 어느새 졸고 있었다. 나는 아이를 안고 가, 내 방 침대 위에 눕혔다. 조심스럽게 이불을 덮어주고는, 나가려다 말고 그 옆에 누워 아이를 봤다. 새근새근 자고 있는 아이의 좋은 살 냄새가 몽글몽글

다가왔다. 또 다시 아릿한 무언가가 내 가슴속에서부터 올라왔다.

엄마는 육 개월 된 딸을 두고 어떻게 눈을 감았을까. 그렇게 영영 떠나야 한다는 생각을 하며 엄마는 얼마나 마음이 아팠을까.

잊고 살아왔던 슬픔이 북받쳐 올랐다. 그러나 아이 옆에서 울 수는 없었다. 나는 아이의 손을 잡은 채, 나와 나란히 누워 있었을 엄마를 상상했다.

그런 상상은 처음이었다.

2

이름이 뭐야?

이아.

무슨 이아?

이아.

응, 이아구나?

이아.

또랑또랑하게 생긴 얼굴과는 달리, 말이 늦되는 것 같았다. 그럼에도 자기 이름만은 분명하게 댔다. 엄마나 아빠를 찾을 만도 한데, 낯가림을 할 만도 한데, 아이는 신기하게도 그러지 않았다.

아이를 데리고 온 날부터, 아버지는 매일 밤늦게 들어와 아침 일찍 출근해버려서 얼굴 보기가 힘들었다. 의도적인가 싶기도 했다. 나도 그 아이를 돌보면서 딴 생각할 겨를이 없었다. 몸은 힘들고 피곤한데, 그게 싫지는 않았다.

정신적 자해와 분노로 시간을 죽이기보다는, 어떤 일에 집중하는 게 오히려 좋다는 생각이 들었다. 덕분에, 몸도 마음도 순식간에 기운을 되찾고 있었다.

강이아.

그 아이가 '강이아'라는 걸 알게 된 건, 아이가 우리 집에 온 지 나흘째 되는 저녁 무렵이었다.

그 저녁, 제후가 거실로 들어왔다. 그를 보자, 아이가 '빠, 빠' 하면서 그에게 안겼다. 처음 보는 그 아이의 모습이었다. 앞장서 들어온 아버지가 내 눈치를 보고 있었다. 그 순간, 나는 상황을 단번에 이해했다.

갑자기 기운이 쑥 빠졌다.

미안해. 내 딸이야.

아이를 안은 채, 나를 보며 그렇게 말하는 제후가 딴사람 같아 보였다. 나는 말없이 방으로 들어가 버렸다.

창문을 열자, 바람이 확 들어와 내 얼굴을 때렸다. 바람이 세진 않았지만 그 순간엔 망치 같았다. 그제야, 그 며칠 내가 무슨 말도 안 되는 미친 짓거리를 하고 있었나 싶었다. 아버지와 그 인간이 쳐놓은 덫에 걸려 허우적거린 기분이었고, 두 사람이 더 밉고 화났다.

딸을 바보로 만들어도 분수가 있지. 나를 이렇게 망가뜨려놓고, 또 뭘 얼마나 박살내려고 이러는 거야?

눈물도 나지 않았다. 주먹만 움켜진 채 서 있었다.

똑똑.

노크 소리에 이어, 제후가 문을 열고 들어왔다.

할 말이 있어, 5분만 시간을 줘.

나가, 보기 싫어, 하고 나는 그를 외면한 채 말했지만, 곧바로 그가 내 옆으로 걸어와 무릎을 꿇었다.

미안해, 널 속였어. 미국에서 사귄 애가 있었거든. 돈 아끼려고 집을 합쳤어. 동거를 시작한 거지. 근데 아버지가 어떻게 알았는지 미국까지 달려오셨어. 아버지는 그 친구 부모에게도 바로 알렸고, 우린 결국 한국으로 소환됐어. 그때가 박사학위 들어갈 때였는데 포기했고, 나는 바로 입대했어. 근데 걔가 임신했다고……. 양가에서 모두 반대했지만, 그 친군 기어코 애를 낳았어. 그 아이가 이아야.

나는 돌아서서 그를 봤다. 그는 나를 올려다보면서 계속 얘기했다. 자신이 하고 있는 얘기와 걸맞지 않게 표정이 담담해보였다.

군에 있는 나한테, 그 친구가 임신 사실을 편지로 알려왔어. 미치겠더라. 나는 결혼하겠다고 했지만, 아버지는 허락하지 않더군. 강제후는 반드시 유해상과 결혼해야 한다면서. 그 친구네 부모도 나를 싫어하긴 마찬가지였고. 아버지는 이아를 달라고 요구했어. 아이로 엮이고 싶지 않다고. 그 친구는 반대했지만, 그쪽에서 돈을 요구했어. 엄청 거액을. 아버진 그 돈을 다 주고 이아를 데려와서, 우리 호적에 올렸어.

그가 제대하면서 그와 나의 결혼 얘기가 속도를 냈다. 사랑하는 사람이 생겨서 결혼할 수 없다고 내가 말했을 때, 그는 그랬다. 자신은 나와 결혼할 자격이 안 되지만, 엄마를 위해 결혼하고 싶다고. 그 '결혼할 자격이 안 된다'는 게 이런 거였구나 싶었다.

나쁜 놈.

나도 몰래 그 말이 튀어 나왔다.

맞아, 나 나쁜 놈이야. 하지만 나도 어쩔 수 없었어.

끝까지, 어떻게 해서든, 애 엄마랑 결혼하면 됐었잖아. 그러면 모든 게, 모든 사람이 제 갈 길을 찾아갈 수 있었잖아.

나는 악을 쓰듯 말했다. 순간, 나를 올려다보고 있는 그의 눈에 얼핏 눈물이 비쳤다. 그리고 고개를 숙이면서 그가 말했다.

이아를 빼앗긴 직후에, 그 친구가 목숨을 끊었어.

갑자기 입이 떨어지지 않았다. 나는, 하고 싶은 얘길 더 할 수 없었다.

잠시 호흡을 가다듬은 후에, 그가 얘기했다.

우리 아버지나 해상이 아버님이나, 우리가 결혼하길 원해, 여전히. 이아를 너한테 먼저 보여주자고 한 건, 해상이 아버님이야. 우리 아버지가 쌍수를 들고 환영하는 바람에, 나는 반대 할 수 없었어. 그리고 솔직히, 그동안 나도 너한테서 벗어나고 싶었는데, 이젠 너랑 결혼하고 싶어. 지쳤어. 하지만 네가 여전히 그럴 마음이 전혀 없다면 나도 ……. 널 속여서 미안해. 이아 데리고 갈게. 며칠 고생시켜서 미안해. 요즘 많이 힘들어 한다고 들었어. 건강 챙기고 얼른 다시 일어나.

그는 일어서며 저린 다리를 몇 번 추스른 후에 밖으로 나갔다.

나는 침대에 걸터앉았다.

그가 아이를 데리고 나가는 소리가 들렸다.

이아의 말이 환청처럼 들렸다.

엄마.

엄마.

3

애가 불쌍치 않냐.

걔가 불쌍한 거하고 나하고 무슨 상관인데?

너도 엄마 없이 컸고, 그 애도 엄마가 없으니까, 누구보다 걔 마음을 알아줄 거 같아서 말이다.

나한테는 할머니가 엄마였어.

그러니까 말이다, 걘 키워줄 할머니도 없잖냐. 그러니까……

제후 어머니는 이미 이 세상 사람이 아니었다.

그러니까 내가 왜 걔를……

해상아. 그러지 말고 잘 생각해봐라. 내가 나 좋자고 이러냐? 다 널 위해서 이러는 거지.

널 위해서, 널 위해서, 지겨워 정말.

해상아.

날 위해서라면 처음부터 그러지 말았어야지.

그래, 미안하다. 내가 잘못했다, 하지만, 내 마음도 좀 알아주라.

나한테 누가 있냐. 네 엄마, 그렇게 허망하게 죽어버리고, 나한테 남은 건 너 하나뿐이었다. 그래서 어떡하든 집안 좋고 돈 많은 그 집에 널 시집보내서 네가 아무 걱정 없이 잘 살기를 바랐다. 내가 널 얼마나 아끼고 걱정하는데, 그런 내 마음을 이해하지 못하고…….

아버지가 계속 얘기하는 사이, 나는 할머니의 임종 전 말씀을 떠올렸다. 일기장에 적어두고 가끔씩 들여다보던 말이었다.

아빠가, 너무 외로워서 그러는 거다. 네 엄마를 정말 좋아했는데, 그렇게 덧없이 죽고 나니까, 버텨낼 힘이 없어진 거야. 그래서 여자를 계속 바꿔치기 하는 거고. 그런데 그 모든 여자들보다 백만 배, 아빠가 사랑하는 사람은 해상이 너야. 왜냐하면, 넌 네 엄마를 빼닮았거든. 아직은 이 할미가 무슨 말을 하는지 잘 모르겠지만, 너도 언젠가 사랑할 나이가 되면 내 말이 이해될 거다. 아빠를 이해해줘라.

이런 내 마음을 밤톨만큼이라도 이해한다면, 그만 제후하고 결혼해라. 제후 아버지는 네가 어떤 요구를 해도 다 들어준단다. 너한테 많이 미안해하고 있어. 그만 화 풀고, 다시 한 번 생각해봐라.

아버지는 진심으로 얘기하는 거 같았지만, 내겐 여전히 금고의 자기변명일 뿐이었다.

그런데 그것과는 별개로, 날이 갈수록 이아가 눈에 밟혔다. 기억나는 나의 어린 시절이 자꾸 이아의 미래와 오버랩 됐다.

남들은 다 엄마와 함께였는데 나만 할머니와 함께였던 유치원 시절. 할머니가 도시락을 들고 교실에 나타나면 책으로 얼굴을 가리고 숨던 초등학생 시절.

할머니가 돌아가시고부터, 아버지의 여자와 한 공간에 있는 게 싫어서 동네를 배회하고 또 배회하며 죽은 엄마를 원망하던 중학생 시절.

육체적 정신적 한계를 넘어서야 할 때, 밤늦게 집으로 돌아와 쓰러지듯 잠들 때, '엄마, 힘들어'를 주문처럼 중얼거렸던 고등학생 시절.

내가 필요할 때 엄마가 없었듯이, 이아도 그럴 거였다. 아버지의 여자들과 내 관계가 내내 편치 않았듯이, 장차 제후의 여자와 이아의 관계도 순탄치 않을 거 같았다. 그 아이와 나는 다른 사람이야, 하고 이아를 외면해 봐도 소용이 없었다.

이상했다.

'이아'가 바로 '나'라는 감정이입이 점점 심해졌다. 그 감정에 끌려가지 않으려 해도, 내 가슴 속엔 이미 이아가 들어와 있었다.

유해상, 너 미쳤니?

나를 욕하고 억눌러 옭아매도 소용없었다. 결국, 제후에게 전화를 걸어 이아를 보게 해달라고 했다. 제후는 의아해하면서도 그러겠다고 말했다. 그의 얘기를 들은 제후 아버지가 나를 집으로 초대하면서 차를 보내왔다.

일부러 연습시킨 건 아닐 텐데, 이아는 나를 보자 뒤뚱뒤뚱 걸어와 내 품에 안겼다. 보고 있는 제후의 눈가에 물기가 어려 보였다. 어울리지 않게, 갑자기 여성 호르몬 과잉인가 싶었다.

처음처럼 나를 '엄마'라고 부르진 않았지만, 이아는 한시도 내 곁을 떠나지 않으려 했다.

이상했다.

돌아오는 길에도 이상했고,

이후로도 내내 이상했다.

까짓것, 결혼하자.

미치지 않고서야 어떻게? 나 자신에게 묻고 또 물었지만, 돌아오는 대답은 터무니없는 장밋빛이었다. 어차피 정원이 없는 내 삶은 덤으로 사는 인생이었다. 게다가 이아가 나를 다시 세상으로 나오게 해줬다. 그저, 이아가 밝고 명랑하게만 커주면 된다 싶었다.

그래, 어차피 덤인 인생, 착한 일 한번 하고 가자. 고아였던 정원 씨도 잘 했다고 날 토닥거려 줄 거야.

까짓것,

까짓것,

까짓것.

나는 제후에게 제안했다. 결혼식은 올리되, 신혼여행은 없다고. 처음부터 각방을 쓰되, 이아는 내 방에 재운다고. 내가 이혼을 원할 땐 언제든지 이혼해줘야 한다고. 처음엔 좀 망설였지만, 그는 결국 내 제안을 다 받아주었고 각서까지 썼다.

뒤늦게 상황을 안 귀감과 마리가 당장 취소하라고 악을 썼지만,

나는 그렇게 결혼했다. 오직, 엄마라는 이름으로.

엄마라니.

강제후와 결혼이라니.

정원을 뿌리고 온 지 얼마나 됐다고.

그의 모든 게 머릿속에 생생하게 살아 있는데.

그땐 미쳤던 게 틀림없다.

그러나 모든 걸 다 나의 미친 짓으로 치부해도, 지금 이렇게 구김 없이 잘 커준 이아를 생각하면 얘기는 달라진다.

내 사랑하는 딸,

이아에 관한 한,

내게 후회 따윈 없다.

7장 _____ **수고했어요, 내 사랑**

1

촬영 날은 날씨가 참 좋았다.

바다 위의 하늘은 투명에 가까운 파란색이었다. 세상의 그 어떤 물감이 저 색깔을 능가할 수 있을까 싶을 정도였다. 그 사람과 나는 시간보다 일찍 도착해서, 벤치가 놓인 옥살리스 정원으로 향했다. 꽃들은 여전히 잘 지내고 있었다.

곧바로, 거기서 좀 떨어진 백사장을 걸었다. 구두가 걸음을 불편하게 했지만, 나는 일상적인 얘기를 하면서 그와 보조를 맞췄다. 촬영이 다가오자, 그는 점점 긴장했다. 출발하기 전에는, 졸리면 안 된다며 커피를 두 컵이나 사와서 계속 마셔댔다. 그런 그의 긴장을 풀어 줄 필요가 있었다.

광고주의 요구로 틈틈이 사진 촬영도 함께하기로 해서, 장 아트는 정사진 팀과 한 차로 오기로 했다. 정 피디가 촬영을 끝내고 돌아오긴 했지만, 찍어온 광고 영상의 후반작업 때문에 이 촬영장에 오긴 힘든 상황이었다. 그 사람을 바다정원으로 데려오는 건 자연스럽게 내 몫이 됐다.

저만치 촬영 현장이 보였다. 스태프들이 분주하게 움직였다. 장 아트와 감독이 먼저 우리를 발견하고 반겼다. 처음엔, 원래의 벤치가 놓여 있던 백사장에서 촬영하길 원했으나, 그 일대에 피어난 의문의 옥살리스 꽃들을 보러오는 사람들 때문에 촬영이 불가능하다고 했다. 자연히, 촬영장은 사람들이 뜸한 백사장으로 변경되었고, 벤치도 촬영용으로 비슷하게 제작해왔다.

그는 바로 분장을 하러 가고, 나는 혼자서 부근 백사장을 걸었다. 집에 가보고 싶은 마음이 불쑥불쑥 들었지만 참아야 했다. 회사 식구들은 귀감 외엔 아무도 그 집을 모르고 있었기에, 더군다나 촬영이 끝나고 그와 나는 그 집에서 하룻밤을 묵고 갈 예정인지라, 그 집은 의식적으로 잊고 있어야 했다.

분장을 하고 촬영용 의상으로 갈아입은 그가 벤치로 걸어가는 게 보였다. 나는 촬영 스태프가 모여 있는 쪽으로 가서 감독 옆자리에 앉았다. 앞에 놓인 모니터엔, 벤치에 앉은 그 사람의 뒷모습이 보였다. 감독이 벤치로 걸어가, 그의 한 손을 벤치 등받이 위로 올려놓고, 시선을 약간 위로 보게 했다. 그 상태로 촬영이 시작됐다. 나는 떠오르는 정원과의 기억들을 잠재우면서, 모니터 속 비주얼에 집중했다.

그의 자세를 조금씩 바꾸고 카메라를 이동하면서 촬영이 계속됐다. 정사진 팀은 틈틈이 그의 모습을 계속 찍어나갔다. 그의 표정이 거의 나오지 않는 신이라, 그가 촬영에 적응하기 좋겠다는 생각이 들었다. 중간 중간, 쉴 때마다 그 사람은 모니터를 보며 자신이 어떻게 찍히는지를 지켜봤다. 나와 눈이 마주치면 매번 미소를 잊지 않았다.

오후엔, 벤치가 백사장 뒤편으로 더 옮겨졌다. 바다와 하늘을 바라보는 그의 정면 샷을 찍기 위해서였다. 그는 연기 코치에게 배운 대로 열심히 해나갔다. 처음엔, 긴장하고 있다는 게 느껴졌지만, 차츰 표정이 자연스러워졌다. 트레이닝을 한 보람이 있었다.

"좋아. 최고야."

감독은 그의 연기를 연신 칭찬했다. 어디서 이런 보석을 찾았냐는, 프로덕션 미팅 때 했던 말도 거듭했다. 무엇보다도, 그 사람이 실수하거나 집중하지 못 할 때도 전혀 나무라지 않는 게 인상적이었다. 오히려 잘 하고 있다고 응원하고 토닥거려 주었다. 신인을 다룰 줄 안다는 생각이 들었다.

그렇게 촬영은 황혼녘에 끝이 났다. 벤치를 다시 바닷가 쪽으로 옮긴 다음, 전 스태프가 모여 기념사진을 찍었다. 장비들이 철거되고 사람들이 흩어지기 시작하면서, 나는 장 아트에게 내 휴대폰으로 그 사람과 나를 찍어달라고 했다. 장 아트는 벤치에 앉으라고 했다. 그와 나는 벤치를 바다와 등지게 돌리고 나란히 앉았다.

"하나 둘 셋."

찰칵.

"한 번 더요."

찰칵.

그가 분장을 지우고 옷을 갈아입고 나왔다. 나는 차가 조금 떨어진 곳에 있다며, 일행과 헤어졌다. 그 사람도 그들에게 인사하고 나를 뒤따랐다. 우리는 백사장을 걸어갔다.

일행이 보이지 않을 데에서, 그는 내 손을 잡았다.

그런 그를 보며, 나는 말했다.

"오늘 수고 했어요."

"아뇨, 즐거웠어요. 당신 덕분에."

내 손을 잡고 있는 그의 손에 힘이 들어왔다.

나는 그를 보며 웃었다. 그도 나를 보고 웃다가, 갑자기 내 앞에 등을 보이고 앉았다.

"업어줄게요. 당신 구두가 불편해보여서요."

나는 구두를 벗어 한 손에 하나씩 쥐고, 주저 없이 그의 등에 업혔다.

"힘들면 언제든지 얘기해요."

"아뇨, 힘들어도 그냥 갈래요."

일몰의 바다는 눈물 나게 아름다웠다.

나는 잠시 눈을 감고 생각했다.

이 순간이 영원했으면.

2

샤워를 하고 나온 그가 졸음이 쏟아진다고 했다. 많이 피곤해서 그런가보다 생각하며, 나는 그를 안방으로 데려갔다. 그는 침대에 눕자마자 그대로 잠들었다. 나도 피곤해서 그의 옆에 반듯이 누웠다. 눈을 감고 있었지만, 잠은 올 것 같지 않았다. 몸을 돌려 그의 얼굴을 들여다봤다. 어둠 속에서도 그는 또렷이 보였다.

당신은 어떻게 여기로 왔어요? 어떤 힘이 당신과 당신의 옥살리스와 그 많은 옥살리스들을 여기까지 데려온 거예요?

여전히 풀리지 않고 있는 의문들이 되살아났다. 그의 가슴에 손을 넣고 옥살리스 문신이 있음직한 부분을 가만히 쓰다듬었다. 그는 나의 손길을 전혀 의식하지 못한 채, 깊은 잠에 빠져 있었다.

진짜, 최면이나 전생 체험 같은 게 그에게 도움이 될까? 아니, 최면으로 기억을 들여다본다는 게 가능은 한 걸까? 소장이란 사람은 믿을 수 있는 사람일까? 정말 이 사람이 원하는 걸 보여줄 수 있을까?

순간, 최면에 대한 의문을 내 스스로 생산하면서 애써 미루고 있는 게, 어쩌면 그것을 통해 이 사람이 기억의 편린들을 모두 되찾을 수 있다는, 그래서 그가 온 곳으로 훌쩍 떠나버릴 수도 있다는 두려움 때문은 아닐까, 하는 생각이 밀려왔다.

그의 기억을 되찾아주려고 거처까지 옛날 정원이 살던 곳으로 마련해주고선, 이젠 그의 기억이 돌아오고 있는 걸 두려워하다니.

나는 머리를 저으며 침대에서 일어나 휴대폰을 들고 거실로 나갔다.

소파에 앉아, 휴대폰으로 소장 이름을 검색하자, 그의 영상들이 등장했다. 그가 TV에 출연했다는 영상은 보이지 않았지만, 직접 최면을 거는 영상들이 있었다. 나는 그 영상들을 하나씩 열어서 보기 시작했다.

영상 속에서, 소장은 사람들을 최면으로 유도하고, 그들은 자신의 전생을 체험했다. 즐겁고 행복한 체험을 하는 사람도 있었고, 괴로워하면서 연신 눈물을 흘리는 사람도 있었다. 모두가 현재와 연결된 자신의 전생을 얘기하고 있었고, 어떤 사람은 현생의 과거, 심지어는 현재의 자신이 태어나던 상황에 대해 얘기하기도 했다. 어느 누구도 거짓으로 연극을 하는 것 같지는 않았다.

여섯 개의 영상을 보고 나니 밤이 깊어 있었다. 나는 휴대폰을 닫으며, 일단 촬영도 끝났으니 그를 소장에게 데려가자고 마음먹었다. 미리 예단하고 기회를 닫아버리는 건 옳지 않을뿐더러, 내가 살아가는 방식도 아니었다. 소장에게 특별히 부탁해봐야지, 하고 생각하면서 나는 안방으로 도로 들어갔다.

그는 여전히 잠들어 있었다.

조심조심, 나는 그의 옆에 누웠다.

졸음이 쏟아졌다.

한밤중에 눈이 떠졌다.

그가 나의 몸을 쓰다듬고 있었다.

"당신?"

대답은 없었다.

나는 얼굴을 돌려 그를 봤다. 그가 나를 보고 있었다. 이번엔 몸을
완전히 돌려 다시 그를 봤다.

그는 여전히 나를 보고 있었다.

"정원 씨."

작게 그를 불렀다. 그는 대답 대신 웃어 보이며 속삭이듯 말했다.

"인생의 무게는?"

"글쎄."

"만 천근."

"왜?"

"천근만근이거든."

아, 당신이 틀림없어, 생각하면서 손을 뻗어 그를 안자, 그의 입술
이 내 입술로 왔다. 내 입술도 그의 입술을 찾았다.

깊고 뜨거운 입맞춤.

나는 하나씩 그를 가졌다.

그도 하나씩 나를 가졌다.

그 숨결도, 그 손길도, 그 몸과 표정과 미소도 그대로였다.

우리는 치열하게 서로를 탐했다.

"사랑해."

어느 순간, 그가 말했다.

"사랑해."

동시에 나도 말했다.

완전한 들숨과 날숨을 몰아쉰 다음, 그가 다시 나를 안았다.

나는 그의 눈을 오랫동안 들여다보다, 속삭이듯 말했다.

"이렇게 와줘서, 다시 돌아와줘서 고마워."

3

귀감의 문자 메시지가 왔다. 바다정원에서 돌아가는 길, 휴게소에서 그와 커피를 마시고 있는 중이었다.

난리 났어. 지순희 영상이 터졌어. 빨리 확인해봐.

나는 차에 오르자마자 영상을 열었다. 그 사람이 옆에서 함께 지켜봤다. 영상에는, 쫑파티 때 그녀가 내 앞에서 무릎 꿇고 이혼해달라고 하던 모습이 고스란히 담겨 있었다.

"저하고 사장님하고 둘이 사랑한 지가 벌써 4년이 됐어요. 그동안, 사모님이 사장님한테 사랑을 눈곱만큼도 안 준다는 얘기, 귀에 못이 박히게 들었거든요, 사장님한테서요. 그래서 두 사람이 이혼하면, 사장님은 내 꺼다, 그러고 있었어요. 그런데 이렇게 마냥 기다릴 순 없잖아요. 어떡하죠? 사모님. 애정 없는 결혼생활, 계속할 필요 없잖아요? 이혼해주세요……."

그때의 그 방 안엔 나와 그녀뿐이었다. 동영상 속엔 내 모습은 전혀 보이지 않고, 오롯이 지순희의 말과 모습만 담겨 있었다. 누가 어떻게 그걸 찍고 왜 유포했는지는 알 수 없었다.

나는 귀감에게 전화를 걸었다.

"어떻게 된 거야? 지순희가 올린 건 아닐 텐데."

"나도 몰라. 어젯밤부터 인터넷을 돌았다는데, 출처는 아직⋯⋯.

"지순희만 보이더라구?"

"유부가 찍은 건 아니잖아?"

"그럴 정신이 없었지. 그리고 그런 추잡한 걸 내가 왜 찍어?"

"거기가 지순희 레스토랑이라고 했지? 혹시, 파티 전에 몰래카메라를 설치한 거 아닐까?"

"지순희가 왜 그런 자기 모습을 찍어? 말도 안 되지."

나는 그의 생각에 동의할 수 없었다.

"어디야?"

"가는 길."

"더 있다 오지."

"내 책상 치워버릴까 봐 겁나서."

"알았어, 치워버릴게. 거기로 돌아가."

꼭 그렇게 해, 하고 덧붙이면서 귀감은 전화를 끊었다.

"괜찮아요?"

귀감과의 통화를 듣고 있던 그 사람이 나를 보며 물었다. 괜찮아요, 하고 대답하면서, 나는 차를 출발시켰다.

귀감의 말처럼, 바다정원으로 차를 되돌리고 싶었다. 그러나 빨리 출근하는 게 좋겠다는 생각이 들었다. 나는 음악의 볼륨을 최대한 높이고 씩씩하게 진군하듯 운전해나갔다.

"조심해요."

오피스텔 앞에서 차를 내리면서 그가 말했다. 푹 쉬라고 말하고, 나는 사무실로 차를 돌렸다.

사무실에 가기 싫다.

사거리에서 좌회전 신호를 기다리면서, 또 한 번 그런 생각이 들었다. 그날 종파티에 갔던 팀원들의 모습이 건널목을 가로질렀다.

지순희의 차림새로 봐서, 그날 있었던 일이란 걸 알아차렸을 텐데.

나는 좌회전 하고 나서 길가에 차를 세웠다. 그리고 해수 언니가 가르쳐줬던 갤러리 주소를 자동차 내비게이션에 입력했다. 언니의 전시회가 어제부터였다. 주말에 가볼 예정이었지만, 일단 지금 가보자 싶었다.

갤러리는 멀지 않은 곳에 있었다. 나는 차를 몰아 그곳으로 향했다.

갤러리 부근 꽃집에서 꽃다발을 사들고 안으로 들어섰다. 해수 언니가 나를 발견하고 화들짝 놀라며 다가왔다.

"주말에 이아하고 온다더니?"

내가 내미는 꽃을 받으며, 언니가 말했다.

"이아랑 다시 올 거야. 오늘은 그냥 와보고 싶어서."

넓은 갤러리에 비해 사람은 별로 없었다. 나는 언니와 같이 입구에서부터 그림을 감상했다.

안쪽 벽에 해수 언니의 두 작품이 있었다. 둘 다 풍성한 꽃 그림이었다. 언니가 가장 좋아하는 장미꽃과, 그리고 옥살리스였다. 옥살리스는 그리기 어렵다면서도 언니는 굳이 그 꽃에 매달렸다.

그런데, 장미 그림엔 이미 주인이 생겼다는 표시가 되어 있었다. 누가 샀냐고 묻자, 언니가 저만치 서 있는 한 사람을 가리키며 속삭이듯 말했다.

"이 갤러리 주인, 홍 선생님."

평범한 이웃아저씨 같은 중년의 남자였다. 자기네 갤러리에서 전시를 하고 싶은데 말을 못하고 있었다는 그 사람이었다.

"언니 그림이 마음에 들었나 봐?"

"장미를 아주 좋아한대."

"저 분, 싱글?"

"응. 나처럼 사별. 동병상련을 느끼나 봐."

언니 좋아하는 건 아니고? 하고 내가 말하자, 해수 언니는 글쎄? 하면서 다른 그림 쪽으로 나를 끌고 갔다.

출구 쪽에, 눈에 띄는 그림 하나가 있었다. 독수리를 그렸는데, 두 눈이 살아 있는 것 같았다. 홍 선생님 그림이야. 내가 그 앞에 계속 서있었더니, 언니가 나지막이 말했다.

"안녕하세요?"

어느 새 홍 선생이 내 옆에 서며 인사했다. 나도 인사하면서, 그림이 정말 좋다고 말했다. 가까이서 보니 인상이 좋았다. 진짜 그림 볼 줄 아시네, 하면서 그가 너털웃음을 터뜨렸다. 갤러리에 있던 사람들의 시선이 모두 우리에게 쏠렸다. 그는 계속 웃는 얼굴로, 전시회가 끝나면 셋이서 같이 식사를 하고 싶다고 했다. 고맙습니다, 하며 나도 웃어보였다.

나는 언니의 다른 동기들과도 인사하고, 옥살리스 그림을 샀다. 혹시라도 다른 사람이 사가면 안 될 것 같았다. 언니는 그럴 필요 없다고 하면서도 환하게 웃었다. 옆에 서 있던 홍 선생도 밝게 웃었다.

두 사람이 잘 어울린다는 생각이 들었다.

4

밖에서 시간을 더 보내고 난 후에, 느지막이 사무실로 들어서는데 안이 소란스러웠다. 직원들이 모두, 사무실 한쪽 벽에 켜져 있는 TV 모니터로 달려가고 있었고, 모니터의 볼륨이 높아지고 있었다.

귀감도 모니터 앞에 서있었다.

나는 귀감의 옆에 섰다.

탤런트 지순희, 오전 자택서 목 맨 채 발견

유출된 동영상이 원인인 듯

반복되는 큰 자막이 눈에 들어왔다.

직원들의 웅성거림은 계속됐다. 연예인이기도 하지만, 우리 회사의 대 광고주인 〈순〉의 전속모델이기도 하니, 그들의 반응은 당연한 거였다.

"왔어? 자세히 좀 알아볼게."

귀감은 작게 말하고 자기 방으로 돌아갔다. 머리가 멍해져 왔다. 남편은, 자신이 지순희 일을 깨끗하게 처리한다고 했다. 그러나 그의 말과 달리, 일은 점점 진흙탕으로 빠져들어 가고 있는 기분이었다.

나는 방으로 들어와 옥살리스에 물을 주며 속엣말로 물었다.

이건 또 무슨 일이지?

살랑살랑, 옥살리스는 내 손길에 몸을 흔들 뿐이었다.

책상 앞에 앉아 그 사람은 지금 뭘 하고 있을까 생각하는데, 귀감이 방으로 들어오며 말했다.

"지순희, 생명엔 지장이 없대."

그 밤에, 이아를 데리러 학교로 향했다. 이아는 아침에 차를 두고 갔고, 늦으면 택시를 타고 오겠다고 했다. 그러나 나는 이아에게 전화를 걸어 데리러 가겠다고 떼를 썼다. 지순희의 동영상과 자살 미수를 알고 있는 언니는 괜찮겠냐고 물었다. 나는 문제없다며 웃어보였다.

사실은, 이아 얼굴을 빨리 보고 싶었다. 이아의 수다를 들으면서 이 상황을 잊고 싶었다. 학교까지는 40분 정도 걸리지만, 여유 있게 집에서 출발했다. 교내 주차장에 차를 주차하고, 차에 앉은 채 이아를 기다렸다.

또로롱 또로롱.

그 사람하고 통화나 할까 생각하는 순간, 휴대폰이 울렸다.

귀감의 전화였다.

"지금, 베티 채널 들어가 봐. 지순희를 직격 인터뷰 한다네."

베티 채널은 여성 크리에이터 베티가 주로 화제성 있는 이슈를 다루는 인터넷 방송이었다. 젊은 여성들을 대상으로 한 신제품 소개도 많이 하고 있어서, 광고 쪽에서도 꽤 유명한 채널이었다.

지순희가 인터뷰를? 하면서 앱을 열었다. 베티가 어떤 병실 소파에 앉아 방송하고 있었고, 잠시 후 카메라가 돌아가자, 침상에 비스듬히 기대앉은 지순희가 모습을 드러냈다.

"이렇게 안 좋은 모습을 보여드려서 죄송해요. 할 얘기가 정말 많은데, 마침 제 절친 베티가 절 보러 왔다가 자기 채널을 열어주겠다고 해서 이 밤에 여러분을 만나게 됐어요. 이게 옳은 건진 잘 모르겠지만, 하여튼 계속 해볼게요. 여러분이 보신 제 영상은……."

말을 하다말고 그녀는 울컥했다. 목 부분과 환자복을 머플러와 니트 옷으로 가리고 있었지만, 그녀의 몰골은 초췌함 그 자체였고, 제대로 나오지 않는 목소리로 조곤조곤 얘기하는 모습은 평소 동정심을 유발하는 그녀의 연기와 다르지 않았다.

"그 영상은, 제 매니저가 올렸다네요. 저를 진심으로 좋아했대요. 근데 제가 가정 있는 남자를 계속 좋아하고, 그날 그런 추태까지 보이는 걸 보고 더 이상 참을 수가 없었대요.

숨고르기를 한 다음, 그녀가 말을 이었다.

"다 사실이에요, 그 영상에서 제가 말한 건. 그분을 오래 사랑했어요. 그분을 좋아하는 만큼, 이혼하길 기다리는 건 정말 고역이었어요. 그래서 그날 작심하고…… 그 다음날인가, 그분을 만나서 얘길 했어요. 그런데 사장님이 불같이 화를 냈어요. 이혼을 원치 않는 건 자기라고, 진짜 이혼 당하게 생겼다고. 당장 헤어지자고 했어요. 돈이 필요하면 말하라고…… 계속 매달려도 보고 빌어도 봤지만, 그분은 단호했어요. 그런데 그 영상까지 퍼져서…… 사장님이 죽여 버리겠다고…… 자기가 죽이기 전에, 당장 죽으라고…… 혼자 그 영상을 보고 또 보고 있는데, 너무 슬펐어요. 다 소용없고, 죽고 싶다는 생각밖에 안 났어요. 그래서…….”

그녀가 다시 울컥했고, 한참을 울었다. 독보적인 그녀의 눈물연기가 아름답게 보일 정도였다.

“제가 화장품 광고에 나오잖아요?”

그녀가 눈물을 수습하고 화면을 똑바로 보며 말했다.

“그분은요, 그 화장품 회사 사장님이세요.”

5

세상이 발칵 뒤집혔다.

순식간이었다. 지순희의 인터뷰는 그만큼 파괴력이 컸다. '사장과 모델의 부적절한 관계' 덕분에, 〈순〉의 전 제품에 대한 불매운동이 SNS를 중심으로 삽시간에 불붙었고, 〈타의귀감〉은 〈순〉의 모든 매체 광고를 내릴 수밖에 없었다.

나를 향한 인터뷰와 취재 요청도 쏟아졌다. 내가 모두 거절하자, 기자들이 회사까지 찾아오기도 했다. 하지만 〈타의귀감〉은 일의 성격상 보안이 확실한 건물이라, 현관에서 그들의 출입은 잘 차단됐다.

귀감은 보디가드를 자처하면서 수시로 내 방을 드나들었고, 마리는 전화로 계속 안부를 물어왔다. 팀원들을 포함해, 회사 식구들은 어느 누구도 지순희에 대한 얘기를 내게 하지 않았고, 나 역시 그녀의 문제를 입에 올리지 않았다.

집에까지 찾아오는 기자는 없었다. 그래도 나는 이아와 해수 언니에게 조심할 것을 당부했다.

"이아가 뭘 생각하는지 모르겠어. 폭풍전야 같아."

해수 언니는 이아를 걱정했다. 이아는 상황을 다 알고 있었지만, 입을 굳게 다물고 있었다.

"사람들 만나고 싶지 않으면 학교에 안 가도 돼."

내가 이아를 다독이며 그렇게 얘기해도, 아이는 괜찮다는 말만 반복했다. 남편은 아예 집으로 들어오지 않고 회사에서 묵고 있었다.

그 사람을 만나는 것도 자제해야 했다. 지순희의 병실 인터뷰를 본 다음날, 그는 전화로 괜찮은 거냐고 거듭 물었다. 나는 곧 괜찮아질 거라고 대답했다. 그는 나를 걱정하며 지켜주고 싶다고 했지만, 그가 해줄 수 있는 건 아무것도 없었다. 모두 다 내가 감당해야 할 몫이었다. 그 사람을 보고 싶은 마음은 문자 메시지나 잠깐의 영상 통화로 달래야 했다.

〈순〉의 홍보팀장이 나를 찾아온 건, 지순희가 인터뷰를 한 지 3일째 되는 날이었다. 그와는 광고 일로 여러 번 만났다. 지순희가 앉았던 바로 그 자리에 앉아서, 팀장은 어렵게 얘길 꺼냈다.

"부사장님, 저희 회사와 직원들을 좀 살려주십시오. 지순희 때문에, 회사가 많이 어렵습니다."

그는 봉투 하나를 내게 건네며 말을 이었다.

"부사장님께서 사장님을 변호하는 인터뷰를 해주십사 하구요."

봉투 안엔, 프린트된 종이 한 장이 들어 있었다. 나는 그것을 꺼내

읽었다.

지순희가 자기 혼자서 이상한 얘기를 하고 다니는 거다, 우리 부부 사이는 아무 이상이 없다, 남편은 오직 가족만 아는 사람이다, 나는 내 남편을 믿고 사랑한다. 그런 요지의 내용이 적혀 있었다. 새어 나오는 헛웃음을 참으면서, 나는 종이를 원래대로 접어 봉투에 넣으며 그에게 물었다.

"사장님이 시킨 거예요?"

절대 그렇지 않습니다, 하고 그는 부정했다.

"한 번 더 물어볼게요. 사실대로 답해주면 원하는 인터뷰, 할 수도 있어요. 사장님이 시킨 거 맞죠?"

"아닙니다. 사장님께서 시킨 건 절대 아니고, 직원들의 뜻을 모아서 제가 대표로 찾아뵙는 겁니다. 지금, 모두가 부사장님의 긍정적인 대답을 학수고대하고 있습니다. 살려주십시오, 부사장님."

나는 단호하게 거절했다. 무릎을 꿇으려는 팀장을 일으켜 세웠다. 자기는 이 길로 사직서를 제출할 거라고, 그는 말했다.

역시 남편이 시킨 게 맞나보군.

나는 생각하면서 그에게 말했다.

"잘리면 우리 회사로 와요. 자리를 만들어 드릴게요."

팀장은 쓰게 웃었다.

그가 가고 난 후에, 나는 남편에게 문자 메시지를 썼다. 다 쓴 내용을 다시 한 번 읽어본 다음, 미련 없이 날렸다.

비겁하게 숨지 말고 직접 나서. 예전, 그 사람을 죽음으로 몰고
갔던 그 용감한 강제후는 어디 있어?

곧바로 남편의 문자가 왔다.

무슨 말이야?
내가 죽었다는 거야?

나는 더 이상 대꾸하지 않았다.
창가의 옥살리스가 미동도 없이 나를 보고 있었다.

6

혼자 편집실에 도착했다. 환경 광고 영상의 편집본을 체크하는 날이었다. 장 아트는 그 광고의 인쇄 광고와 인터넷 광고 제작 때문에 외근 중이었다. 방으로 들어서니 감독과 그 사람이 나를 반겼다.

그는, 자신이 찍힌 영상 속 모습을 보고 싶어 했다. 그를 데리러 가고 싶었지만, 혹시나 싶어서 편집실에서 만나자고 했다. 못 본 사이, 그는 얼굴이 해쓱해보였다. 통화 내용과는 달리 그동안 식사를 제대로 하지 않았나 싶었다.

편집된 영상 속의 그는 자연스러웠다. 영상의 분위기와도 잘 어우러졌다. 신인이라고 볼 수 없을 정도였다. 그리고 영상 속의 그는 정원과 더욱 같았다. 특히, 마지막 장면에서 그가 짓고 있는 맑은 미소는 정원의 미소 그대로였다.

"역시, 저 미소는 최곱니다."

올해 찍은 인물 샷 중에 가장 좋다며, 감독은 엄지를 치켜들어 보였다. 나와 눈이 마주친 그가 또 한 번 쑥스럽게 웃었다. 나는 수정

사항 두어 가지를 감독에게 얘기하고, 그 사람과 함께 방을 나섰다.

주차장으로 가는 엘리베이터 안에서, 그의 손이 슬쩍 내 손을 스쳤다. 나는 그를 보며 웃어보였다. 찡긋, 하고 그가 윙크를 해보였다.

차에 올라, 그의 얼굴을 다시 봤다. '백만 년' 만에 본다는 말이 단지 과장어법은 아니구나 싶었다. 보고 싶었어요. 입 안 가득 고이는 그 말을 하려는 찰나, 그가 먼저 말했다.

"며칠, 당신하고 통화만 하면서 얘기하지 않은 게 하나 있어요."

나는 말없이 그를 봤다.

"어떤 기억이든 더 떠올리려고 계속 애썼어요. 하지만, 아무것도 더 생각나는 게 없어요. 그래서 어제, 소장님한테 전화를 했어요."

미안해요, 하고 나는 말했다.

"내가 며칠 정신이 없어서……."

지순희의 인터뷰에서부터 시작된 소용돌이 속에서, 그가 원했던 최면을 신경 쓰지 못했다. 그 사람에 대해 아예 신경 쓸 정신이 없었다는 게 더 정확했다.

"지금 상황하고, 며칠 전에 기억해낸 것까지 솔직하게 다 얘기했어요. 최면을 통해서 알고 싶은 것들도……."

잘 했다고, 나는 말했다.

"사실은, 내일 소장님을 만나기로 했어요. 같이 가는 거, 힘들까요?"

그가 조심스럽게 물었다.

"당연히 같이 가봐야죠. 내일 내가 오피스텔로 당신을 데리러 갈게요."

"괜찮겠어요?"

괜찮을 걸요? 하면서 나는 웃어보였다.

그는 택시를 타고 돌아가겠다며 차에서 내리려 했지만, 나는 그대로 있게 하고 차를 출발시켰다. 오피스텔에 그를 내려주고 바로 회사로 돌아가면 괜찮을 거라는 내 말에, 그가 웃어보였다.

그의 미소가 더 맑아보였다.

그 밤에, 퇴근해 들어온 집은 쥐죽은 듯 조용했다. 해수 언니는 홍선생과 저녁 약속이 있다고 했다. 이아 역시 학교에서 조금 늦을 거 같다고 했다.

샤워를 하고 방을 나오는데, 남편이 거실 소파에 앉아 있었다. 지순희의 인터뷰 이후 처음으로 집에 온 거였다. 나는 주방에서 물을 한 컵 따라 들고 그의 맞은편에 앉았다.

"그게 무슨 말이야?"

내가 얘기를 꺼내기도 전에, 그가 먼저 말했다.

"무슨 말?"

"내가 당신 애인을 죽였다는 말."

내가 보낸 문자 메시지를, 남편은 내내 곱씹고 있었던 듯했다. 말하는 그의 눈에 술기운이 보였다. 하긴, 맨 정신으론 집에 들어올 수 없었겠지, 싶었다.

"아버지가 그러더라, 강제후하고 둘이서 죽였다고."

"아버님도 이제 오늘 내일 하시나보네. 당신이 하신 일을 나한테까지 덮어씌우다니."

나는 그 문제로 계속 그와 얘기하고 있기가 싫어서 말을 돌렸다.

"어떡할 거야? 해결책은 찾았어?"

"빈정거리지 마. 위로가 필요한 남편한테."

위로? 하고 나는 말했다. 그가 나를 똑바로 보며 내 말을 받았다.

"하긴. 한 순간도 나를 남편이라고 생각한 적 없을 테니까."

무의미한 말 잇기였다. 나는 아무 말도 하지 않았다.

"왜? 건수 잡았으니까, 빨리 이혼 얘기나 꺼내시지?"

"역시 이혼을 원하고 있었나보네? 그래, 이혼해."

"이것 봐, 수렁에 빠져 허우적거리는 사람한테 기다렸다는 듯이."

"수렁엔 당신만 빠진 줄 알아? 나는, 이아는, 안 그런 거 같아?"

말려들지 않겠다고 생각하면서도, 나도 몰래 언성이 높아졌다.

"그러게 팀장이 부탁하는 대로 인터뷰 해줬으면 됐잖아!"

남편은 한술 더 떠 버럭 소리를 질렀다.

"자기가 뭘 잘못했는지 모르는 것도 사이코의 특징이야."

말을 해놓고 아차 싶었다. 아니나 다를까, 그가 나를 노려보며 말했다.

"사이코?"

결혼 초, 이아와 같이 누워 있는 내 침대 속을 자꾸 파고드는 그에게 나는 '사이코!'라고 내뱉었다. 남편은 길길이 날뛰며 그 말을 취소하라고 했다. 그때의 기억이 되살아나, 나는 소파에서 일어나 내 방으로 발길을 돌렸다.

"야, 유해상!"

그가 소리쳤다.

"왜? 강제후!"

나도 그를 돌아보며 맞받았다.

"사이코는 너야. 유해상, 너라고."

어이가 없었다.

"그놈 꼬셔서 할 짓 못할 짓 다 해놓고, 죽고 나니까 뭐? 이아 때문에 결혼해준다고? 남자가 그리워서 해놓고 말이야. 그러면서 날 거부하는 꼴이라니. 그게 사이코지, 뭐가 사이코야!"

억지 부린다는 걸 알지만, 어이가 없어서 말이 나오지 않았다.

"예전 기억까지 되살려주고, 아주 잘 하셨어. 사이코끼리 오늘 끝장을 한 번 보자고."

그는 양복 윗도리를 벗어서 소파에 집어던졌다.

도망쳐!

순간, 내 안에 있는 누군가가 소리치는 듯했다.

나는 내 방을 향해 냅다 뛰었다.

그러나 문손잡이가 손에 잡히려는 찰나, 내 머리채가 먼저 그의 손에 휘어 잡혔다.

나는 그에 의해 질질 끌려가 소파 위에 내동댕이쳐졌다. 엎어진 상태로 도망치려 했지만, 꼼짝할 수가 없었다. 그는 내 등 위에 올라탄 채, 자신의 와이셔츠를 찢듯이 벗어 내 두 팔을 묶으면서 말했다.

"빨리 끝내줄 테니까 얌전히 있어."

나는 빠져나가려 했지만, 얼굴이 소파에 박혀 있어서 말도 제대로 할 수 없었다. 그는 한 손으로는 내 뒷목을 누르고 다른 한 손으로 내 옷을 벗기기 시작했다. 발버둥쳤지만, 속수무책이었다.

"아빠!"

순간, 그 소리가 들렸다.

"엄마……."

현관문 앞에, 이아가 서있었다.

당황한 남편이 소파를 내려서면서 말했다.

"야, 엄마 아빠는 부부싸움도 못 하냐?"

이아는 들고 있던 백팩을 내려놓은 채 뛰어와, 내 팔을 자유롭게 해주고 자신의 웃옷을 벗어 나를 가려주었다.

우리는 소파에 나란히 앉았다.

"내가 잠깐 이성을 잃었네. 미안."

미안?

헛웃음이 나왔다. 그가 내게 손을 내밀었지만, 이아가 그 손을 밀어내버리면서 말했다.

"아빠, 오늘 학교에서 무슨 일이 있었는지 알아?"

한 호흡 쉰 다음, 이아가 말을 이었다.

"강의실, 도서관, 식당, 커피숍…… 가는 곳마다 애들이 수군거렸어. 전교생이 다 알아버린 거 같아. 그래도 나는 이겨내겠다고 작정하고 무시하면서 지냈어. 그렇게 버티다 몸이 너무 힘들어서 집에 빨리 왔는데, 이게 뭐야? 아빠가 이런 사람이었어?"

이아의 두 눈에 눈물이 그득했다.

"엄마 아빠가 이혼할까봐, 나는…… 나는 다 괜찮다고 했는데 ……. 아빤 이혼 당해도 싸."

이아가 울음을 터뜨렸다. 아이의 그 마음이 내 가슴을 때렸다. 나는 이아를 안고 다독였다.

"이이야, 아빠를 좀 이해해주면 안 될까?"

남편이 무너지듯 우리 앞에 주저앉으며 말했다.

"엄마 아빠가 언제 한 방에서 지내는 거 봤어? 엄마 아빠가 애정표현 하는 거 봤어? 나는 단 한 번도 엄마한테 살가운 사랑을 받지 못하고 살아왔어. 단 한 사람, 아빠는 너만 바라보면서 지냈는데, 너도 클수록 나한테서 멀어지고……."

그래서 바람피우는 게 정당하다는 거야? 하는 말이 목구멍까지 차올랐지만, 나는 말하지 않았다.

"아빠도 이혼하고 싶은 마음이 있었지만, 널 생각하면 그럴 수가 없었다. 물론, 이아 널 생각하면 그저 죽은 듯이 살아야겠지. 그런데 말이다, 아빠도 사람이라 외로운 건 어쩔 수 없었다. 아빤 외로웠다고. 외롭고 견디기 힘들었다고. 그래서…… 그래서……. 그러니 나를 조금만 이해해주면 안 되냐고. 당신도 날 좀 이해해주면 안 되냐고. 사랑? 위로? 그런 건 바라지도 않아. 그냥 좀 이해해주기만이라도 해달라고, 제발."

그의 두 눈에 눈물이 흘러내리고 있었다.

보기 싫었다.

나는 이아 손을 잡고 내 방으로 들어가 버렸다.

7

소장의 집은 도심 외곽의 야산 초입에 있었다. 숲이 집을 에워싸고 있었고, 마당엔 닭들이 한가롭게 돌아다녔다. 현관 앞에서 기다리고 있던 소장이 우리를 집안으로 데려갔다. 우리는 바로 제법 큰 방으로 안내됐고, 다탁에 둘러앉았다.

곧 소장의 아내가 따뜻한 대추차를 들고 들어왔다. 그녀는 직접 만든 차라며, 마음을 안정시켜준다고 했다.

"마음이 너무 안정 돼서 잠들어버리면 어떡하죠?"

그녀가 방을 나가고 나서 내가 농담을 했지만, 그 사람은 웃지 않았다. 오는 내내 그랬던 것처럼 긴장하고 있었다. 소장은 뒤로 깊숙이 기댈 수 있는 소파에 그를 앉힌 다음, 이런저런 이야기로 그를 편안하게 해주었다. 그의 표정이 한결 좋아지자, 소장은 그 사람의 옆에 앉은 채 그의 눈을 감게 하고 서서히 최면을 걸었다. 나는 그들의 맞은편에 앉아 두 사람을 지켜봤다.

"지금부터, 당신은 당신의 전생으로 가볼 겁니다. 심호흡을 한번 하고, 안전벨트를 매겠습니다. 아주 먼 곳까지 날아가야 하니까."

눈을 감은 채로 그가 호흡을 크게 하자, 소장이 그 사람의 두 손을 배꼽 앞에 모으게 하고 깍지를 끼라고 했다.

"자, 이제 천천히 다섯을 세면, 당신은 당신의 전생으로 날아갑니다. 하나, 두울, 세엣, 네엣, 다섯."

그의 깍지 낀 손이 꼼짝하지 않고 있었다.

"당신이 있는 곳은 어디입니까?"

"감옥…… 감옥에 있어요."

"혼자입니까?"

"아뇨. 어떤…… 군인들이 내 두 손을 뒤로 묶어서 데리고 나가요."

"어디로 갑니까?"

"성주 앞에 무릎 꿇고 있어요. 성주 뒤로, 열린 문 안쪽에서 어떤 여자가 나를 보고 있어요."

"그 여자는 누구인 거 같습니까?"

"성주의 딸."

"당신과 그녀는 어떤 관계입니까? 잘 아는 사이입니까?"

"서로 사랑하는 사이……. 나는 그녀의 호위병이었어요."

"그녀를 지키다가 사랑에 빠졌군요. 성주가 반대하고?"

"성주가 칼을 빼든 채 화를 엄청 내면서 나한테 다가와요."

"당신을 죽일 거 같습니까?"

"그가 칼을 내 목에 들이댔어요. 죽일 거 같아요."

그가 헉헉거리며 말했다.

"당신은 어떤 생각을 하고 있습니까?"

"억울해요. 내가 왜 죽어야 하는지 모르겠어요."

그의 눈가에 물기가 어렸다. 죽고 싶지 않아요, 하고 그가 말을 이었지만, 그의 슬픔이 나에겐 그다지 와 닿지 않았다.

"그래서 당신은 항변합니까?"

소장이 말하는 순간, 윽 하면서 그의 몸이 휘청했다. 소장은 그의 팔을 잡아주며 말을 이었다.

"죽었습니까? 당신이."

네, 하면서 그의 두 눈에 눈물이 흘러내렸다. 소장은 작은 면 수건으로 그의 눈물을 닦아주면서 말했다.

"그녀가 보고 있습니까?"

"울부짖고 있어요."

내가 죽는 것보다 그녀의 울음이 더 가슴 아파서, 하면서 그 사람은 울었다.

정원 씨도 죽어가면서 저런 마음이었을까. 나를 생각하면서, 가슴 아파하면서…….

감정이 북받치면서 내 눈에도 눈물이 고였다. 소장이 다시 그의 눈물을 닦아주고, 내게도 다른 면 수건을 건넸다. 나는 면 수건을 받아 닦으면서 두 사람에게 더 집중했다.

그가 진정되자, 소장이 말했다.

"성주의 딸은 현생의 누구일까요? 생각나는 사람이 있습니까?"

깍지를 낀 채 그의 집게손가락이 까딱하면서 나를 가리켰다.

"저 사람."

당황스러울 뿐, 나는 여전히 실감되지 않았다.

"성주는 누구일까요?"

모르겠어요, 하면서 그는 한숨을 쉬었다.

"자, 다시 다섯을 세면, 당신은 당신이 원래 있던 과거의 그곳으로 갑니다. 전생이 아닌, 현생의 그곳입니다. 안전벨트 매고……. 하나, 두울, 세엣, 네엣, 다섯."

당신은 어디에 있습니까? 하고 소장이 물었다.

"병원에 누워 있어요."

"환자복을 입고?"

예, 하고 그가 대답했다.

"어떤 상태입니까?"

"의식불명인 상태로 호흡기를 달고 있어요."

"완전히 의식불명입니까?"

예, 하고 대답하던 그 사람이 어? 하는 한 마디를 날숨처럼 뱉었다.

"무슨 일 있습니까?"

소장이 곧바로 물었다.

"그 놈이 병원 복도를 얼쩡거리고 있어요."

"그가 누굽니까?"

"강제후, 그 놈."

여전히 눈을 감은 채 그 사람이 말했다. 순간, 온 몸의 살갗이 비늘처럼 곤두섰다.

소장이 나를 한번 보고나서, 다시 그 사람에게 말했다.

"자, 이제 다섯을 세면, 당신은 현실로 돌아옵니다. 하나, 둘, 셋, 넷, 다섯."

그가 눈을 떴다.

"안전벨트를 풀고 심호흡을 한번 크게……."

그는 깍지 낀 두 손을 풀고 숨을 깊이 들이마셨다가 내쉬었다. 그의 한 손은 자신의 가슴을 쥐었다.

한 동안의 침묵.

"자, 이제 감정을 추스르고, 차 한 잔 더 할까요?"

소장이 말했고, 그의 아내가 차를 가지고 들어왔다. 이번엔 허브차라고 했다. 우리는 다시 처음처럼 다탁에 둘러앉았다.

"이 사람, 의식불명 상태라서 그렇게 졸렸나 봐요. 갑자기 잠들어버릴 때도 있었고."

나는 그렇게 말하면서, 최면이 알려준 그곳의 이 사람 상태를 어느새 백 퍼센트 믿고 있군, 하고 생각했다.

"그 인간은, 의식불명인 나를 죽이러 온 걸까요?"

그가 물었다.

"글쎄요."

두 사람은 질문을 주고받으며 조금 더 얘기를 이어갔지만, 나는 내 생각에 골몰했다. 내가 지금 무언가에 홀려있는 건 아닐까 싶었다. 이 순간이 꿈속의 꿈인가 싶기도 하고, 다른 데서 최면을 더 받아봐야 하는 거 아닌가 싶기도 했다.

이 전부가 가상현실이 아닌, 진짜 현실이라면, 이제 저 사람과 나는 어떻게 해야 하는 거지? 나는…… 나는…….

갑자기 슬픈 예감이 나를 집어삼키려 했다.

나는 그를 재촉해 서둘러 그곳을 나섰다.

차를 운전하면서 마음이 점점 답답해져 왔다.

그 사람은 생각 많은 얼굴로 앞만 주시하고 있었다. 나는 한적한 길가에 차를 세웠다. 침묵하고 있던 그가 고개를 돌려 나를 바라봤다. 왜 차를 세웠는지 내게 묻고 있었다.

"돌아가야 하지 않을까요? 떠나온 곳으로."

나는 단도직입적으로 말했다.

그래, 정원은 사고가 난 얼마 후에 곧 사망했다고 판명됐다. 그 사람은 그렇게 손 한 번 써보지 못한 채 보내야 했지만, 이 사람은 아직 살아 있다. 여기선 그가 죽고 내가 살아 있지만, 거기선 그녀가 죽었으니, 이 사람은 살아날 수도 있다. 이 사람이 돌아가서 자신의 깜깜한 의식을 되찾는다면.

손으로 머리카락을 두어 번 깊이 쓸어 올리며, 나는 생각했다. 그를 보내주자고. 이 모든 것이 진실이든 아니든, 일단은 그를 돌려보내는 게 맞다고. 자신을 깨워야 하니까, 더욱이 제후가 이 사람을 노리고 있으니까. 이 사람을 끝까지 지켜주겠다고 다짐했으니까.

"바다정원으로 돌아가요."

나는 그를 보며 말했다.

그는 대답 대신 고개를 끄덕이며 물었다.

"옥살리스, 데려가면 안 될까요?"

그래요, 하고 답하며 나는 그의 눈을 들여다봤다.

쓸쓸히 웃고 있는 그의 눈에 슬픔이 번졌다.

나는 고개를 돌려 정면을 바라보며, 나오려는 울음을 참았다.

하늘이 너무 파랬다.

8

울타리를 따라 차를 세웠다.

골목길엔 기울어가는 하오의 가을햇살이 서걱서걱 움직였다. 그 사람은 옥살리스 토분을 들고 조수석에서 내렸다.

마당으로 들어서자, 화단 가득 옥살리스 꽃들이 옹기종기 모여 있었다. 지난번 그대로였다. 그는 오피스텔로 되돌아가 가져온 옥살리스 토분을 그 한가운데 앞쪽에 놓았다. 화분은 왔던 날처럼 다소곳이 자리 잡았다.

우리는 다시 마당을 나와 바닷가로 향했다. 등대가 있는 곳까지 말없이 걸었다. 중간에 그가 내 손을 쥐었다. 나도 그의 손을 꼬옥 쥐었다.

등대에 기대서서 먼 바다를 바라봤다. 가물가물, 배 한 척이 지나가고 있었다.

그가 배를 타고 왔으면 좋았을 걸.

부질없는 생각이 스쳐 지났다.

"뭐 생각해요?"

같이 한 방향으로 바다를 바라보던 그가 물었다.

"당신은?"

나는 그를 보며 물었다.

"배를 타고 왔으면 당신과 함께 그 배로 갈 텐데, 생각했어요."

같은 생각, 하고 내가 말하자, 그가 맑게 웃어보였다.

저 맑은 웃음, 많이 남겨놔야지.

나는 생각하면서, 휴대폰으로 그와 나를 찍었다. 사진 속의 그는 더 맑은 미소를 짓고 있었다.

우리는 등대를 떠나, 벤치가 있는 방향으로 천천히 걸어갔다. 우리 앞쪽으로, 갈매기 두 마리가 다정하게 물가를 걸어갔다.

옥살리스 꽃들은 여전히 무리를 진 채 바람에 살랑이고 있었다.

벤치에 나란히 앉았다.

바다는, 하늘은, 황혼으로 물들어갔다. 문득, 콘티 속의 쌍둥이 지구가 그 하늘에 겹쳐 보여서, 나는 잠깐 눈을 감았다가 다시 떴다.

이렇게 눈을 감았다가 뜨면, 이 사람은 사라지고 없는 걸까.

갑자기 가슴에 물기가 차오르는 거 같았다.

"내가 노래 불러줄게요."

가슴의 눈물을 가라앉히기 위해, 나는 목소리를 두세 번 가다듬은 다음, 노래를 불렀다. 천천히 아주 천천히.

달빛도 새하얗고 별빛도 새하얗고

바다도 그림 같고 동네도 그림 같고

"그만 불러요."

내 손을 쥔 채 노래를 듣던 그가 말했다.

"나중에 불러줘요."

나는 그의 눈을 봤다.

"지금 그 노래를 부르면, 그 노래가 나를 바로 데려갈 거 같아서
요."

이 노래가 신호처럼 되겠군.

나는 생각하면서, 말없이 그의 어깨에 머리를 기댔다.

"아직은 당신이랑 헤어지고 싶지 않아."

그가 손을 올려, 바람에 날리는 내 머리카락을 쓰다듬으며 말했다.

나는, 영원히 당신과 헤어지고 싶지 않아.

영원히.

다시, 내 가슴에 물기가 차올랐다.

 그가 국수를 끓이기 시작했다.

바다정원으로 오는 도중, 마트에서 사온 재료들이 싱크대 위를 채
우고 있었다. 지난번 그가 잔치국수를 만들어준 날, 나는 그의 국수
에 '환상적인 맛'이라고 얘기하면서, 다음에 또 해달라고 했었다. 그

러겠다고 대답한 자신의 약속을 지키지 못했다며, 그는 떠나기 전에 내게 국수를 다시 만들어주고 싶어 했다. 괜찮다고 해도, 그는 막무가내였다.

양념간장이 만들어지고, 채 썬 양파와 애호박, 버섯으로 고명이 만들어지고, 계란 지단이 만들어지는 것까지 보고 나서, 나는 거실로 나가 소파에 앉았다. 아까 놓아둔 사진이 소파 팔걸이에 그대로 있었다. 지난 촬영 때, 그와 내가 벤치에 앉아 찍은 사진이었다.

그 사진, 가져갈래요.

출발하기 전, 그는 내 휴대폰 속의 그 사진을 인화해주길 원했다. 떠날 때 몸에 지니고 싶어 했다. 휴대폰 사진을 인화해주는 부근의 사진관을 찾아갔다. 사진을 뽑는 건 금방이었다.

사진 속의 그는 밝게 웃고 있었다. 나도 살짝 웃음을 머금고 있었다. 황혼의 하늘과 바다가 배경으로 아름다웠다.

이 사진이 그와 함께 그곳까지 무사히 갈 수 있을까.

사진을 보며 이런저런 생각을 하고 있을 때, 그가 나를 식탁으로 불렀다.

"맛이 어때요? 괜찮아요?"

마주앉아 국수를 먹으면서 그가 물었다.

"환상적, 환상적, 환상적이에요."

나는 연신 엄지를 치켜세워 보이며 '환상'을 반복했다. 그는 환하게 웃으며 말했다.

"돌아오면, 매일 해줄게요."

정말 그럴 수 있을까? 아니, 깨어나면 이곳에서의 일을 기억하기는 할까?라는 말은, 입 안의 국수와 함께 꿀꺽 삼켰다.

내가 식탁을 치우는 사이, 그는 차를 끓였다. 설거지를 끝내고, 우리는 차 한 잔씩을 들고 거실 소파에 앉았다. 나란히 앉아 바라보는 창밖으로 어둠이 성큼성큼 내려앉고 있었다.

차를 마시면서, 귀감과 마리에게 전화할까 싶은 생각이 들었지만 하지 않았다. 처음 그가 왔을 때처럼, 지금 이 상황 역시 통화로 그들에게 이해시킬 자신이 없었다. 나는 담담하고 조용히, 그와의 시간을 함께하고 싶었다.

"여기서, 당신이 나한테 같이 가자고 했을 때, 처음엔 내키지 않았어요. 하지만 곧 가겠다고 했죠. 왜인지 알아요?"

그가 나를 가만히 들여다보며 말했다. 대답 없이 나도 그의 얼굴을 들여다봤다. 그가 앉은 채로 자신의 상의를 들어 올려 한쪽 가슴의 옥살리스를 보여주며 말했다.

"내 가슴에 피어 있는 이 꽃과 똑같은 꽃, 당신이 그 꽃을 들고 들어와 내게 보여줬기 때문이었어요. 당신도 낯익었지만, 그 순간에 당신이 나와 이 꽃으로 분명하게 연결돼 있구나, 싶었거든요."

나는 손을 들어, 그의 가슴에 선명하게 그려진 분홍색 옥살리스 꽃 세 송이와 이파리 두 개를 만졌다. 나의 손길에 살아난 꽃은, 잎은, 섬세한 움직임으로 몸을 떨었다.

"나도 가슴에 이 꽃을 그려 넣을 거예요."

진심이었다.

그는 고개를 끄덕이며, 찍어둘래요? 하고 물었다.

나도 고개를 끄덕여 보인 다음, 휴대폰으로 그의 꽃 핀 가슴을 찍었다.

내가 잔을 씻어 정리하는 사이, 그는 가져온 환자복으로 갈아입었다. 오던 날의 모습 그대로였다.

가려나보다, 하는 생각과 붙잡을까? 하는 생각이 순간 교차했다. 울컥 치미는 슬픔을 가라앉힐 요량으로, 나는 그의 상의를 올리게 하고, 인화해온 사진을 그의 가슴 한가운데에 반창고로 단단히 붙였다.

"안 떨어지겠죠?"

작게 말하면서 그가 조금 웃어보였다.

나는 하릴없이 고개를 끄덕였다.

각자의 코트를 걸치고 거실을 나서기 전에, 우리는 서로를 껴안았다.

"신세만 잔뜩 지고…… 아무것도 갚지 못하고 가요."

"꼭 깨어나요."

깊고 깊은 포옹.

깊고 깊은 키스.

서로를 보며 숨을 고르고,

불을 끄고,

현관문을 잠그고,

화단의 옥살리스 토분을 안고,

우리는 바다를 향해 집을 나섰다.

다시, 벤치에 나란히 앉았다.

여린 달빛이 퍼지는 밤하늘을 망연히 바라봤다. 다시, 콘티 속의 쌍둥이 지구가 내 눈동자 속에 맺혔고, 나는 외면하지 않았다.

그가 안고 온 옥살리스 토분은 그의 두 무릎 위에서 숨죽이고 있었다. 그는 두 손으로 화분을 잡고 있었다. 꽃을 쓰다듬으며 나는 속으로 말했다.

잘 가. 나 대신 이 사람을 지켜줘.

옥살리스는 말이 없었다. 꽃도 토분도 긴장이 되나보다 생각했다.

나는, 토분을 잡고 있는 그의 한 손을 빼내 내 손에 넣었다. 그가 고개를 돌려 나를 봤다. 나도 그의 얼굴을 봤다. 망막에 새겨지도록 깊이 들여다봤다.

그리고 그의 손을 놓아주고 나서, 고개를 돌려 밤바다를 보며 노래를 부르기 시작했다.

달빛도 새하얗고 별빛도 새하얗고

바다도 그림 같고 동네도 그림 같고

누가 이런 그림 이런 꿈속에

나를 그려놓았나 나를 오라 했나

어느 순간, 그의 어깨에 걸쳐져 있던 코트가 스르르 흘러내린다는 게 느껴졌다. 옥살리스도 토분 째 사라지고 없었다. 나는 그 사람 쪽으로 돌아보지 않으려 애쓰며, 더 천천히 노래를 불렀다.

하늘도 새파랗고 바다도 새파랗고
햇살도 춤을 추고 파도도 춤을 추고
누가 이런 그림 이런 세상 속에
나를 그려놓았나 나를 있게 했나

노래가 끝나길 기다렸다는 듯이, 파도 소리가 점점 커져 왔다. 바다가 불규칙적으로 꿀렁대는 것 같기도 했다. 그가 앉았던 자리와 반대방향으로 고개를 돌려 백사장을 바라봤다. 그 많던 옥살리스 꽃들은 흔적도 없이 사라져버렸다.

나는 다시 천천히, 아주 천천히 고개를 돌렸다.

그가 있던 자리엔 코트만 앉아 있었다.

코트를 들어 올려 가슴에 안았다.

그의 체온은 느낄 수 없었으나, 그는 여전히 그 속에 있는 듯했다.

나는 다시 어두운 가을바다를 향해 말했다.

잘 가요.

수고했어요, 내 사랑.

8장 _____ **참 좋은 사람이었어**

1

바다정원에 봄이 만개했다.

따스한 공기가 출렁이고, 파란 하늘이 넘실거린다. 백사장엔 때 이른 아지랑이가 춤을 추고, 잔파도가 왔다 갔다 하며 물가에 긴 선을 그어댄다. 나는 바닷가 벤치에 앉아, 봄날 하오의 바다와 하늘과 백사장을 보며 이아가 나타나길 기다리고 있다.

바다정원으로 돌아온 지 6개월.

그동안 많은 일들이 있었다.

가장 먼저, 그 사람의 모든 것이 사라졌다.

그가 떠난 며칠 뒤였다. 환경 광고의 편집본에서 그 사람의 모습이 완전히 사라졌다. 촬영된 모든 영상과 정사진에서도 마찬가지였다. 옥살리스가 그려진 그의 가슴 사진을 포함해, 내 휴대폰 속에 있던 그의 사진들 속에서도 그는 홀연히 없어졌다.

처음엔 왠지 불안했다.

그가 몸에 붙이고 간 사진도 걱정됐다. 그러나 그것도 잠시. 근거 없는 낙관주의가 나를 지배했다.

의식이 돌아왔고, 온전히 살아 있기 때문일 거야.

그렇게 믿는 것 외에 달리 나 자신을 다독일 수 있는 방법이 없기도 했다. 그리고 그렇게 내 앞에 놓인 문제들을 정면으로 돌파해나갔다.

우선, 광고주와 약속한 환경 광고의 온에어 날짜가 코앞이었다. 나는 다른 모델을 기용해 재촬영하도록 했다. 상황을 광고주에게 설명하고 모델 교체를 양해 받았음은 물론이다. 추가 촬영에 드는 제작비는 내가 내놓겠다고 고집했지만, 귀감은 끝까지 회사 부담으로 처리했다.

속도전으로 밀어붙인 덕분에, 광고는 제 날짜에 온에어 됐다. 컴퓨터 그래픽으로 만들어지는 쌍둥이 지구가 제때 완성된 덕분이기도 했다. 쌍둥이 지구에 관해 알리는 퍼블리시티도 동시에 매체를 타면서 광고 효과를 더하게 했다.

온에어 되는 첫 광고를, 나는 귀감과 같이 사무실 그의 방에서 봤다. 거기에는 쌍둥이 지구가 선명하게 떠 있었다. 그날부터 그 영상을 보고 또 보면서, 나는 돌아간 그 사람을 떠올렸다. 영상과 사진 속에선 사라졌지만, 그 사람은 여전히 그 모든 곳에 있었다. 내 망막 속에 그가 지워지지 않는 한, 계속 그럴 거라고 나는 믿었다.

그가 지내던 오피스텔을 정리했다.

환영 오피스텔 306호. 옷과 그릇, 가재도구들을 치우면서 순간순간 마음이 울컥했지만, 나는 담담해지려 애썼다. 다른 것들은 모두 처분하고, 그가 입었던 옷들만 회사로 가져와 내 캐비닛에 보관했다. 캐비닛 문을 닫으면서, 그가 떠났다는 게 비로소 실감됐다.

그 밤엔, 해수 언니와 함께 홍 선생과 저녁을 먹었다. 둘이 좋아하고 있다는 게 한눈에 들어왔다. 돌아오는 차 안에서, 언니는 그 며칠 전 홍 선생으로부터 프러포즈를 받았다고 했다.

결혼식은 올리지 않으려고. 혼인신고 하고 그냥 여행만 다녀오기로 했어.

그렇게 말하는 해수 언니의 모습이 참 좋아보였다. 그 2주일 뒤에, 언니는 홍 선생의 집으로 들어갔다. 언니가 우리 집을 나설 때, 이아가 울었다. 나도 눈물이 났지만, 울지 않으려 애썼다.

곧바로 이혼 절차가 진행됐다.

나는 바다정원 집에서 살겠다고 선언했다. 남편은 현재의 집에 계속 살겠다고 했고, 그의 바람과 달리 이아는 해수 언니 집에서 살기를 원했다. 홍 선생이 흔쾌히 이아를 받아줬다. 남편도 안심이 된다며 고마워했다.

주말마다 엄마한테 갈게. 방학 땐 물론 거기서 살 거고.

이아는 그렇게 나를 응원해줬다. 이혼하면 바다정원에서 살겠다고 처음부터 마음먹은 건 아니었다. 그러나 그곳만큼 나를 잡아당기는 곳은 없었다. 이아가 응원해주는 바람에, 마음 한 구석에 고여 있던 이아에 대한 미안함도 쉽게 해결됐다.

보고 싶을 땐 언제든지 볼 수 있는 거지?

남편이 이아의 눈치를 보며 물었을 때, 아이는 단서를 달았다.

앞으로 봐서. 아빠가 나한테 간섭하지 않는다면.

오케이, 하고 남편은 말했지만, 그게 쉽지는 않을 거란 사실을 나도 알고 이아도 안다.

이아를 잘 키워줘서 고맙고 앞으로도 잘 부탁해.

남편은 내게 말했다.

걱정 마. 그리고 비밀은 끝까지 지켜줘.

이아를 영원히 내 친딸로 살게 하고 싶었다.

회사에 사표를 냈다.

동업자님, 왜 이러세요? 하면서, 귀감은 나의 사표를 받아들이지 않았다. 사표와 연결돼 있었기에, 나의 바다정원행도 반대했다. 그러나 다음날, 회사에 나타난 마리는 귀감을 째려보며 말했다.

저렇게 생각이 짧아요. 나는, 자기가 바다정원 집으로 가는 거 대찬성. 기립박수로 환영.

기립박수까지야.

아냐. 아냐. 정원 씨가 다시 나타날지도 모르잖아. 거기서 기다리는 게 맞는 거지. 단, 이번엔 꽉 잡아. 절대 보내면 안 돼.

굿 아이디어인데? 하고 나는 웃어 넘겼지만, 내 마음 한곳에 자리 잡고 있는 그 은밀한 생각을, 그녀가 알아챘구나 싶었다.

그렇다면, 바다정원 행은 오케이. 하지만 사표는 절대반대.

귀감은 사표 대신 휴직을 권했다.

방은 그대로 비워둘 테니까, 돌아오고 싶으면 언제든지 돌아와.

언젠가 회사로 돌아올 수도 있다는 걸 배제하지 말고, 휴직하라는 거였다. 마리도 거기까진 동의했다. 나는 내키지 않았지만, 일단 그렇게 하겠다고 했다.

그리고 아버지가 돌아가셨다.

임종을 지키지도 못했다. 전화를 받고 요양원으로 달려갔을 때, 아버지는 이미 숨을 거둔 상태였다. 주무시듯이 편안하게 돌아가셨어요, 하고 원장은 말했다.

나는 조용하고 신속하게 장례를 치르고 싶었다. 남편은 3일장으로 지내지 않는 걸 못내 아쉬워했지만, 나는 일사천리로 아버지를 납골당에 모셨다. 화장터도 납골당도 병원 가까이 있어서 더 빨리 모든 게 끝났다.

우리는 대체로 울지 않았다. 화장을 할 때, 뼛가루로 남은 아버지를 봤을 때 눈물이 나긴 했지만, 이아도 나도 울음을 터뜨리진 않았다. 남편은 시종일관 굳은 표정으로 말이 없었다.

납골당 문 앞에서 올려다본 밤하늘엔 희뿌옇게 달이 떠 있었다.

아버지를 그곳에 모셔두고 나왔듯, 아버지에 대한 증오의 감정도 그곳에 남겨두고 돌아가자고 생각했다. 그러나 그 또한 기억에 대한 나의 오만이었다. 그 증오의 감정은 고스란히 나를 따라와서 불면의 밤을 내게 안겼다.

그 일주일 후에, 나는 바다정원으로 떠나왔다.

따라온 이아와 해수 언니가 이삿짐 정리를 도왔다. 그 한밤, 언니와 둘이 거실에 앉아 차를 마셨다. 언니가 그린 옥살리스 그림이, 내 옥살리스 화분과 함께 창가 쪽에 놓여 있었다.

어때? 행복해?

해수 언니가 물었다.

홀가분해.

내 대답에 언니는 웃으며 말했다.

그럼 된 거야.

나도 언니를 따라 웃었다.

심심하면 언제든지 전화해. 달려올게.

언니의 말에, 나는 다시 한 번 웃어보였다.

그리고 크리스마스 때 이아가 왔다.

우리는 둘이서 파티를 했다. 그 밤에 침대에 나란히 누워 잠들기 전, 이아가 내 쪽으로 돌아누우며 말했다.

아빠가 지순희랑 결혼할 거란 얘기가 있어.

이아는 나의 반응을 기다렸지만, 나는 아무 말도 하지 않았다. 그 며칠 전, 귀감도 같은 얘기를 전화로 내게 해왔다. 지순희랑 결혼하는 게, 회사가 회복하는데 도움이 된다고 생각하는 건가, 하고 그는 말했다.

그날부터 겨울방학이 끝날 때까지, 이아는 내내 나와 머물렀다. 날마다 새 밥을 지어 식사를 하고, 아침과 저녁, 하루 두 번 백사장을 뛰거나 걸었다. 어떤 날은 벤치에 앉아 어두운 밤하늘을 보며 그 노래를 같이 불렀다. 순간순간이 소중하고 아름다웠다. 이아도, 이렇게 영원히 엄마랑 둘이 살고 싶다고 말했다.

내가 더 자주 와야겠어. 엄마 혼자 외로울 틈이 없게.

방학이 끝나고 돌아가면서 이아는 말했다.

어이구, 우리 착한 공주.

나는 웃으며 그렇게만 말했다.

조금 외로운 날도 있지만, 그래도 나는 지금이 좋다. 오롯이 나 혼자일 수 있어서 좋고, 벤치에 앉아 바다를, 하늘을, 세상을 바라볼 수 있어서 좋다.

"누구게?"

언제 왔는지도 모르게, 이아가 벤치 뒤에서 두 손으로 내 눈을 가린 채 속삭였다. 나는 내 두 손으로 그 손을 잡으면서 이아와 똑같은 톤으로 말했다.

"이아 공주."

"빙고."

이아는 웃으며 내 옆에 앉았다. 나는 3주 만에 보는 딸을 안 듯하며 얘기했다.

"차는 안 막혔어?"

늘 토요일 낮에 운전해오는 길이라 막히는 날이 많았다.

"오늘은 괜찮았어."

"다행이네."

"잘 있었어? 엄마는."

"응, 이아는?"

"나도 물론 잘 지냈지."

"이모랑 이모부는?"

"여전히 꿀이 뚝뚝 떨어져."

"다행이다. 이모는 그럴 자격이 있어."

"그러게. 이모 보면서 요즘은 결혼하고 싶다는 생각이 다시 들어."

"남자친구 생긴 건 아니고?"

"남친 생기면, 내가 엄마한테 제일 먼저 얘기하지."

"꼭이다?"

"꼭. 근데 엄마, 궁금한 거 있어. 까먹기 전에 물어봐야지."

"뭔데?"

"엄마랑 나랑 가끔 부르는 노래 있잖아, 여기 벤치에 앉아서."

"응."

"그거 원래 자장가 맞지?"

"그건 왜?"

"어제 친구들이랑 자장가 얘기가 우연히 나왔는데, 다들 그 노래를 아예 모르더라구. 나는 어릴 때부터 엄마가 그 노래를 자장가로 불러줘서, 원래 그런 자장가가 있나보다 그랬거든."

"원래는 자장가가 아니었는데, 엄마가 너한테 자장가로 불러준 거야. 예전에도 그 노래 아는 사람 별로 없었고, 지금은 거의 없을 거고."

"그랬구나. 엄마, 우리 그 노래 불러볼까?"

"지금?"

"응."

"그러지 뭐."

"흠, 목소리 좀 가다듬고, 흠, 흠."

하늘도 새파랗고 바다도 새파랗고

햇살도 춤을 추고 파도도 춤을 추고

누가 이런 그림 이런 세상 속에

나를 그려놓았나 나를 있게 했나

나는 이아를 따라 노래를 불렀다. 문득, 떠나기 전 그 사람의 모습들이 내 앞을 스쳐지나갔다.

그를 기다리진 않는다. 다만, 그로 인해 내 인생을 온전히 다시 시작할 수 있었음에 고마워할 따름이다.

그래도 혹시 그가 다시 온다면?

그럴 리 없겠지만, 그가 다시 바다정원으로 돌아온다면, 그땐 더 사랑해야지. 내가 먼저 알아보고, 내가 더 사랑해야지.

그의 옷들과 코트, 그가 썼던 휴대폰이 장롱 서랍 속 깊숙이 있다는 건 나만의 비밀.

어쨌든, 그는 분명 내 앞에 나타났다가 떠났다. 그리고 그로 인해 나는, 내 삶은 달라졌다. 허나, 그 일이 어떻게 내게 일어났는지를, 그리고 그 우연 같은 일이 절대 우연이 아니었음을, 나는 누군가에게 설명할 자신이 없다. 원래 불가사의한 일은 말로 다 설명할 수 없기도 하고.

그러나 이거 하나만은 분명히 말할 수 있다.

그 누군가가, 그 사람이 어떤 사람이었냐고 묻는다면, 나는 한 사람인 두 명의 정원을 생각하면서 대답할 것이다.

참 맑은 사람이었지.

그리고 말할 것이다.

참 좋은 사람이었어.   (끝)